中公文庫

絵葉書のように

武田百合子
武田　花編

中央公論新社

絵葉書のように　目次

I 思い出——武田泰淳と暮らした日々

絵葉書のように

I

思い出——武田泰淳と暮らした日々

武田泰淳『身心《しんじん》快楽《けらく》』あとがき

二年ほど前から、創樹社の玉井さんとの間に、自伝風のエッセイをあつめて一冊の本に、という約束があった。書いたもののなかから自分でえらんでまとめるという仕事は、病後療養中であるのと、武田の性分からも出来ないことだったので、取捨選択は玉井さんにお任せし、原案が出来たところで眼を通すという形にした。その後、ときどき「頓座している」「時間的経過が錯綜《さくそう》して、整理して編年的に配列するのに難渋している」など、玉井さんから手紙を頂いていた。昨年夏、富士の山小屋に暮しているとき「原案も、ほぼ、まとまった。秋には東京でみせられる。暮までには何とか本に」という手紙が届いた。秋になり帰京したが、おめにかからないうちに床につき、十月初め、武田は死んだ。玉井さんは、その後も何度か編み直されて、このたびこのようなかたちの本が出来上ることとなった。

表題の「身心《しんじん》快楽《けらく》」は、六章にある、小説『快楽』について語った「身心快楽　如入禅定」よりとった。（註　中国善導大師の発願文〈六時礼讃日没の偈〉の中に「身心快楽にして、禅定《ぜんじょう》に入るが如く、聖衆現前《しょうじゅげんぜん》したまい、仏の本願に乗じて阿弥陀仏国《あみだぶっこく》に上品《じょうぼん》往生《おうじょう》せしめたまえ」とあるのが、出典である。——編集部）

装幀には、京都神護寺の特別のご好意により当寺所蔵の「高雄《たかお》曼荼羅」をつかわせて頂いた。「どんな絵が好き？」と問われると「ていねいに細密に画いてある、隅から隅までべったりと。例えば曼陀羅のようなのが」と武田は答えていた。小説『富士』を書いているころ「富士曼陀羅」というものがあるときき、それを観たがって、保存しているといわれるお宮に、遠くまで足を運んだが、首をかしげて断られたりして、一度も観ることなく、残念がっていた。

一章ずつにつけられている見出しの六つの題は、一日を、晨朝《じんちょう》、日中《にっちゅう》、日没《にちもつ》、初《しょ》夜《や》、中夜《ちゅうや》、後夜《ごや》、の六時にわけ、讃偈《さんげ》の文を唱える、浄土宗の六時礼讃よりとった。

武田の通夜密葬には、赤ん坊の武田をおんぶして守りをしたり、二十歳ころの武田とスキーや海水浴を一緒に楽しんだりした坊様方が、揃ってお経をよんで下さった。幼名を覺《さとる》といったので「サッちゃん」「覺さん」と、いまでも武田のことをそうよぶ方々だった。坊様が泣きながらお経をよむ姿を私ははじめてみた。その有縁の僧侶の方々が、葬儀の折りも集まって、焼香の列が絶えるまで「六時礼讃」を唱えつづけて下さった。

「好きなお経は？」と問われると「六時礼讃。ことに、入り日に向って唱える日没《にちもつ》無常偈が……」と、武田は答えていた。

あつめられたものを整序すると、偶然、六章に分れたので、このような題とした。

これらのことは、すべて玉井さんのお力による。去年の秋より今年にかけて、玉井さんにおめにかかるときが度々あった。そんなとき、私は、供養のための一巻をととのえているような気がした。

序にある「文学と私」は、昭和五十年四月十五日吹込のNHK〝声のライブラリー〟録音盤より原稿をおこした。作家の自作朗読と話を録音して保存しておく仕事をされるNHKの三沢はまさんからの依頼が以前よりあった。テレビ、ラジオに出るのも断わっていたときで、そのようなことをするには体調も気分も思わしくなく、もう少し恢復《かいふく》してからと、二年ほど延び延びになっていたが、一昨年春の三沢さんの電話で、武田は承諾した。脳血栓を患ったあとは口が重くなっていたが、自宅の居間で録音したので、気にせずにゆったりとして朗読し、語れたらしい。自作は『森と湖のまつり』の一部を朗読した。録音を終えて、二年越しの約束が果せたので、武田は気分が軽くなったらしく、三沢さんと録音係の男の人と私で、しばらくお茶を飲んだ。三沢さんは、魚の形の焼菓子を珍しいとおっしゃった。武田は、残っていたらそれを包んでお持たせするようにと、私に言った。丁度、窓の外の桜の花が散って、赤い花芯をつつきに鳥が沢山きていて、そのことなども、そしてその桜が咲いているときは、いかにきれいかということなども、武田は機嫌よく話したように覚えている。このあと、テレビ、ラヂオの仕事はせずに終った。

　初詣、書初《かきぞめ》、花見、といったことが好きな人だった。昭和三十九年末、富士山麓に山小屋を作ってからの六、七年は、暮から正月を毎年山で暮したので、富士吉田や富士宮の浅間様、一合目近くの御胎内などに初詣をした。四十六年秋、脳血栓を患い、厳冬の山暮しは出来ない体になったので、それからは東京の正月をたのしんだ。破魔矢、お札、高島易断の暦、あれは何というのだろう——千両箱や宝船や金色の小判がキラキラと沢山ぶら下っている枝、などを毎年買った。世界の終りがきたように、大晦日の夕方から急に人や車が消えてしまい、空気の澄んだ元旦の東京の町を「ここに寄ってみよう」「あすこへ行ってみたい」という場所へ、のろのろと車を走らせた。日枝神社、明治神宮、靖国神社、永代橋を渡って清洲橋を戻る、浅草、湯島の聖堂など。或る年、あてどなく本郷へ出た。白山を上ったところに斜めに入る細い道があり「そこを入ってくれ」と、突然言う。低い家並みばかりの商店街の間に、狭まれたようにして小さな寺があった。武田はその門を入り、猫の額ほどの境内に佇《た》ってあたりを眺め、ひき返して車に乗った。「小さいとき、ここにいたんだ」そう言った。通りの商店は、賀正と書いた紙を貼って表戸を閉じ、しめ飾りと竹が風に鳴る、乾いた音がしているだけだった。人がぽつんと歩いてくるのが、遠くからでも見えた。振舞い酒に早々と酔ってしまった男が、電柱にもたれて吐いているのをみて「うちは、お父さんもお母さんも親戚も、誰も酒を飲まなかったからな。酒の匂いがしないうちだったから、正月の酔払いの匂いがキライだったなあ。おれ、酔払いがくると、息をしないで逃げた」と言った。初詣の帰りがけに、その寺に寄ったのは、それから三年ほど続けてだったろうか。いつも、車から降り、門を入り、境内に佇《た》って見まわして、すぐひき返した。黙って、なつかしそうにしている武田は、私をはなれて急にひとりで年をとってしまった人のようにみえた。

歌の上手な人ではなかったが、たまに歌うこともあった。酔うと寝ころんで「どこまで続くぬかるみぞ」という軍歌を、よく歌った。体力があったころのことだ。読経の修練をしたことのある、力の入った、張り上げない、低い声で、くり返し、ていねいに歌っていた。「懐かしのメロディー」などで、どんな歌手が歌うこの歌よりも、武田の歌う『討匪行《とうひこう》』は、本当の兵隊――将校ではなく一兵卒、が歌っているようだった。革臭く、泥臭く、汗臭く、ゲートル臭く、精液臭く、兵隊の苦しさや哀しみがこもっていた。聴いていると部屋の中まで、果てもなく暗く、雨が降りつづいているような気がした。

第五章にある「娘に答えて」は、昭和四十四年十一月二十日の朝日新聞特集「親子の対話」に書かれた。高校生の娘に問いかけの手紙を書かせ父からその返事を、という形式でとの朝日からの話であった。家庭の事情をそのまま語ることを好まない人なので、断わるとばかり思っていたのに、めずらしく、あっさりと承諾した。当時、学生運動のデモに毎日出かけていた娘も、新聞に出たりするのは羞《は》ずかしくてイヤだと渋っていたが、仕方なく手紙を書き「父と娘の手紙」として載った。娘の手紙には「毎日無事なら幸福？　大人への疑問」と題がついている。

小さいころの娘は世話が焼けて面倒臭いし、大きくなってからの娘は、家の中に異性である女がもう一人いるということで、羞ずかしく具合わるかったのだと思う。娘と二人で歩いたり、語り合ったりすることは殆どなかった。何かをいってきかせる、教える、ということはしなかったし、こうしろ、とか、こういうものだ、ということも言わなかった。娘の方もそれを感じて、訊ねたり教わったり感想をのべたりする態度や、甘えた仕草をみせなかった。向い合って坐っていなければならなくなったときは、二人とも黙りこくっていた。

やたらとお金をやりたがったり、突然、自分の飲んでいる酒をついで、娘に飲ませようとしたり、そんなことを不器用にして、可愛がっているのだということをしめした。

「『――職業的革命家のある者の裏切りと末路について、もし君がききたいなら、君がうんざりするほどいくらでも話してあげる』だなんて――ひどい親だなあ。こういう親を持たなくて、おれは仕合せだったよ」と、新聞の「娘に答えて」を読んで、高校教師をしている人が言った。娘も父の返事を読み、当時は頭をぶちわられたほどの衝撃をうけ、口惜しがったらしいが、少しずつ、少しずつ、わかってきて、いまは、父が向い合って言ってきかせてくれた唯一の大切なものと思っているようだ。

先日「百ヶ日が過ぎるころから、がっくりと寂しくなるものよ」と、高見順夫人がおっしゃった。死んで四月を過ぎたいま、武田が書きのこしていったものを読めば、文章はそのまま声や気配となって涙が湧く。飲みさしのかんビールを手に、咳ばらいなどしながら、二階の仕事部屋から降りてくるのではないかと、ふと思う。

六年前から療養中だったとはいえ、去年の夏は、ビールを飲み、菓子もトンカツも「うまいなあ」といって食べ、草刈りをし、九月はじめまでは仕事を続けていた。急にだるさを訴えて床につき、半月ほど眠ったようにして死んだ人だから「さよなら」とも「じゃ又。いくいく日に来るからね」ともいわずに出て行った人に、ふと思えたりもする。三十年近い昔、一人で間借りして働いている私のところへ、寺住まいの武田は一週間のうち三日ほどやってきて一緒に過し、また寺へ帰って行った。神保町、小川町、中野、天沼、片瀬江の島、と私は部屋を移り、娘が生れてからもしばらくは、いつもそんな風に武田と暮した。そのころのように、すたすたと去ったあとを、ぼんやりと眺めている。

椎名さんのこと

「椎名〔麟三〕さんは女に好かれるね」というと「椎名は女ばかりじゃない。男にも好かれるらしい。そういう話を書いている」武田は教えてくれた。「どれどれ」私は急いでその小説を読んだ。そこにでてくる関西弁のゲイボーイが、椎名さんらしい人に真心をつくすいじらしさは、女もかなわない。

昭和二十二、三年ごろ、神田神保町の冨山房《ふざんぼう》裏に「らんぼお」という店があった。私はそこの女給をしていた。日本酒やビールは金のある人が飲み、ふつうの人はカストリ焼酎を飲んでいたころだ。この店でだすカストリは、元陸軍将校が密造して売りにくる、純度の高い割合と上等な方だったが、「眼《め》ピリ」といわれる密造酒なども町には出まわっていた。酒をついだコップに顔を近づけると、眼がピリピリする。それを沢山飲んだりすれば、翌日眼が見えなくなっているのだ。安酒のときは、皆、片眼をぱっちりとひらいてコップに近づけ「や、眼ピリだ」「これは大丈夫」と、メチル含有の多少を調べてから飲んだ。しかし「眼ピリ」と分ったって、自分の前に酒が置かれれば、たいていは飲んでしまう。危ぶみながら飲んでも、失明したり死んだりすることなく、幸いにして翌日無事に眼覚める頑健な体の人が多かったのだ。昔、わる酒をがぶがぶ飲めた頑健な人は、近ごろ、あちこち痛んだり、死んでしまったりしたな、と今になって思う。

　この店で椎名さんにはじめて会ったときのことは覚えていない。扉をあけて、申訳なさそうな顔つきで入ってくる椎名さんは、すでに『展望』に小説が載って、新しい宝石のような存在になっていた。そういえば、赤岩栄という牧師さんも始終きていた。きっと椎名さんとは知合なのだろうと思うが、椎名さんが話していたり、一緒に出入りしていた姿は覚えていない。よく梅崎春生さんと連れだってきた。梅崎さんと一緒のときは、すべてにわたって椎名さんをかばうように、梅崎さんが兄さん兄さんしてふるまっていた。ときどき急に愉快になるらしく、椎名さんが吃《ども》ったまま雄弁になる。すると梅崎さんは、黙って、にこにこ聞いていた。

　椎名さんは一人のとき、一番奥の席に前こごみになって腰かけていた。その席は昼でも暗く、夜は灯りが届かず、便所のそばなので、客や店の者がドタンバタン、ザザー、またドタンバタンと、駈けこんでは出てくる音が聞えてしまう。でも、妙に、沈澱してしまうような落ちついた席だった。鳥打帽をかぶった椎名さんは、入ってくると「ボクにウイスキー下さい」と注文してから、いいような悪いような、そこに坐った。

店でだしているウイスキーは、サントリーとオグラウイスキーで、サントリーは寿屋の本物。オグラはオグラさんという理学博士が作っている、眼などつぶれない大丈夫のものだった。ここでウイスキーを自前で飲む人は原稿料が思いがけなく沢山入った人か、家にある何かを売りとばして金を作ってきた人か、だった。「椎名さんはいつもウイスキーを少しずつ静かに飲んでる。金持なのね」と武田に話したことがある。武田は「椎名は金があるからってウイスキーを飲む奴じゃないだろ。体を大切にしてるんだ。子供のときから苦労したらしいからなあ」と言った。

毎週水曜日だかに「ドストエフスキー研究会」という集会があった。隣りの画廊（これも「らんぼお」と同じく、昭森社の森谷均さんの所有で、近代文学の事務所にもなっていた）に、その日になると十人位の人がやってくる。埴谷《はにや》雄高《ゆたか》さんや思索社の片山修三さんも、この会で話をしていたのだと思う。店の女主人は四十近い文学好きの人で主催者側だったらしく、熱心に肩入れしていた。その日、バーテンや私たちは、狭い画廊にギュウギュウ詰めて腰かけた人たちに、灰皿や用意したお茶を運ぶ。どんな人が会員だったのか、どんなことをしていたのか、私はいまも知らないが、ドストエフスキーの研究をしていたらしかった。椎名さんは女主人に好かれた。

ドストエフスキー研究会には、お茶だけでなく、メリケン粉のうす焼きを作って、女主人は振る舞った。当時は、うす焼きパンなど大御馳走《ごちそう》のうちである。女主人は毎週水曜日のその時間になると台所に現われ「皆さんにお茶を!!　それからパンを焼いてね」と、張りのある喜ばしげな声でいいおき、ノートと筆記道具を抱えて隣りの画廊に出かけてゆく。そのうちに「皆さんにパンを!!」といったあとに「椎名さんだけお砂糖入れてね」と、つけ加えるようになった。毎週水曜日のドストエフスキー研究会のうす焼きパンは、椎名さんのだけ、お砂糖を入れて焼くことになった。お砂糖は貴重だったから、ほかの人のには一粒も入らぬよう、椎名さんのには、多過ぎぬよう、少な過ぎぬよう、私たちは念を入れて焼いた。運ぶのだって難かしかった。よくよく見れば、砂糖入りはほんの少しだけだがツヤもあって、ほかのより透明度があるが、大きさも形も色も厚さも同じだから、運んでいるうちには判らなくなってしまう。私は椎名さんのパンにフライ返しで×点をつけて見分けることにした。いつも×印のパンが椎名さんの前にいくようにした。ほかの人も椎名さんも、同じようにおいしそうにパンを食べた。店に戻ってからも、パンを焼いた匂いが袖口や指先から抜けないうちは、隣りの画廊の会のことが、特に砂糖入り×印パンを食べている椎名さんの姿がちらついた。私はいつも大へん空腹の人だったから。

ドストエフスキー研究というような題の本をみかけると思い出す。このようにもてたのよ。と、椎名さんに話す折りもなくておわった。

椎名さんの死の知らせは、武田と二人の朝御飯のときにうけた。「椎名がねえ。とうとういけなかった」大人の低い静かな声に、胸一杯の歎きがこもっていた。夜半、お嬢様と二人、抱くようにして臨終をみとられたあと、起してはわるいと遠慮され、朝食どきまで待って電話なさったのだと思う。埴谷さん御夫妻と一緒に椎名家へ伺うことになり、すぐ吉祥寺の埴谷さんのところへ向った。甲州街道から水道道路へ入ると、道路工事のため、長い距離が片側通行になっていて、車は渋滞し続けた。三月の末、生《な》まあたたかい、南の風が荒れ気味の日だった。一寸刻みにしか動けない、まだるっこい車の窓から見える薄陽《うすび》の空に、黄塵《こうじん》がときどき大きく渦を巻いて舞い上った。

人家の垣根越しに、遠い二階家の屋根越しに、白い木蓮と白い辛夷《こぶし》の花が満開の極みだった。車の進み具合に焦《い》ら焦《い》らしていた私に、助手席の武田はぼんやりと「キリストの死んだ日みたいだなあ」と話しかけてきた。

葬儀のあと、締め切りの迫っている追悼原稿を口述筆記でした。口述の間、二度ほど武田は絶句した。ふらふらと立上って窓のそばにゆき、裏の神社の森の木のあたりをしばらく見ている恰好をしていたが、机に戻って、また口述を続けた。そして「美しい女」から、夫婦の会話を引用し、そのあと「――こう書いたとき『神様』ではなくて、神がその哀れな会話にまぎれて、椎名氏の身近に降りてきつつあったのかもしれない」と、震えてきた声で口述し終ると、涙をたらたらとこぼした。鼻水も長くひいて垂れ放題となり、半開きの口の中に一緒くたに入った。立て膝に首を落したまま「椎名はよくやったなあ」と言った。

椎名さんの熱心な愛読者で、親しい友人の一人だと、いつも思っていたけれど、いまになって気がついた何かがあって、その永い間の自分の不明を恥じ、詫びているように、椎名さんの仕事への惜しみない拍手のように、それは聞えた。

椎名さんも武田もいない。淋しい限りのことだ。

卒塔婆小町

「Kさんのときもきましたよ。Tさんのときも。男のと女のといます。新聞に葬儀の日どりや場所が出るとやってきます。顔も有名になってますから、眼配せして警戒態勢をとれば、焼香しただけで手ぶらで帰るということも多いですね」

これは香典ドロについての話。

知人の葬儀の折り、その有名な香典ドロの、女性の方がきているという囁きが、受付から下足番へ、接待係へと、小波の如く流れた。台所を手伝っていた私も、寺の玄関内の広間へ覗きにいった。黒服の葬儀委員の男の人たちに混じって、七十歳位の小さなお婆さんが、喪服の手に数珠を提げ、敬虔な面持で佇《た》っている。

「あのお婆さん？」眼で訊くと、男の人たちはうなずいた。お婆さんは、焼香代や塔婆料を出し入れする受付窓口を背にしていたので、私は窓口の中がわにまわって、気づかれることなく、後向きの上半身をみた。

首すじはしわ深く疲れ気味だが清潔で、黒々と染めた髪をふくらませて結い、ネットがかけてある。ゆるく抜いた半衿は真白い。もののいい黒《くろ》羽《は》二重《ぶたえ》の紋も黄ばんでいない。

二度めの情報がやってきた。「今日の香典ドロは女二人。一人は若い。新人です」三度めの情報がきた。「二人ではなかった。やっぱり旧人だけ。新人と思ったのは御遺族の身内の方《かた》らしい」仕事をし易くするためにだろう。お婆さんは御遺族の身内の若い女の人に親しげに話しかけ、若い女の人は、参列者だと思って、ありがたく、鄭《てい》重《ちょう》なお悔みのあいさつをうけていたので間違えられたのだ。

住所は架空のものだったらしいが、受付で記帳も済ませていた。お婆さんは今回ついに仕事が出来ずに終ったが、最後まで諦めず、警戒と好奇の眼配せがちらちらするなかで、悠然とたじろがずに、出棺をそこに佇って見送っていた。

プロなのだなあ。

お婆さんは、時間になると染めた髪を結い上げ、喪服を着付け、仕事場の告別式場や通夜の席に出かけてゆく。バスに乗ったり、地下鉄を乗り継いだりして。雨の日や寒い冬は楽ではない。たとえ仕事の数が多くても、告別式は時刻が前後しているから、そうそう掛け持ちは不可能だ。注意深いところでは、お詣りしただけで帰らねばならぬこともある。お婆さんは、バスに乗り家へ戻る。仕事着の埃を払って鄭重に畳む。衿を拭く。今日は駄目だったねえ。晩酌はやめとこう。節約して石焼き芋と牛乳で済ませるか。夕刊がきたな。どれどれ。次の仕事はのっているかな。寝る前に足袋を洗って、明日の仕事先までの地図も研究しなくちゃ――。落胆せず、失望せず、いそいそと、お婆さんは明日に備える。

麻布J温泉という銭湯に行くと、お婆さんの天下だ。九十三歳のお婆さんが、七十歳の娘ときている。お婆さんたちは洗い場で蛇口をゆずり合い、昔かたぎの抑制のある仕草で体を洗い合い、心からの会話をしている。

「ほら、いまお湯につかっている人ねえ、首に金のネックレスしたまんま。あの人三度結婚したんだって。七十五だってよ。あたしの方が一つ若いね。三度めの人がこないだ死んだから、また一人になったんだって。三度めの人がいい人でねえ。あの金《きん》鎖《ぐさり》買ってくれたんだってさ。仕合せだったらしいよ。あたしも金のネックレス持ってるのよ。あれとおんなじの。三年ばっか前に自分で買っちゃった。しまってあるけどさ。そうだ、今度っから、あたしもしてこよう」

「そうだよ。しておいでよ。あんた洋服似合うからいいよ。あたしも欲しいねえ」

　さっき洗い場に入ったとき、入れちがいに上っていった、やっぱり七十歳位の、髪を夜会巻風にしたお婆さんは、私が上ると、鏡に向って長い化粧の最後の仕上げをしている。白い花が袖と下半身に散っている濃紫の、雪之丞変化《ゆきのじょうへんげ》のような訪問着に、光る緑色の帯を締め、髪をなでつけた後姿は、前かがみに出ていった裸のときとは別人で、しゃんとしている。濃く塗りこめた白粉の奥から、眼を細め凝らせて、口紅を引く作業をしている。出来上った。大きなハンドバッグを持ち、前後左右斜、それぞれの姿を鏡に写し、帯の胸を一つ叩いて立ち去った。

　これから出勤だ。飲み屋かしら、小料理屋かしら、民謡踊りの出張かしら。夜の灯りなら、四十五、六にみえるもの、大丈夫。

　これらのお婆さんたちの後姿に拍手を送る。私もガンバラナクッチャ。

絵葉書のように

小説『富士』を書きあげたあと、武田は脳血栓を患った。昭和四十六年の末だったと思う。幸い軽くて、日常生活に支障はなかったが、右手の力がよわくなり、判読しにくい文字を書くようになった。それをイヤがって、自分用のメモ以外、人様にみせるものは、ほとんど私が清書、または口述筆記をするようになった。まだ口述筆記に馴れないころのことだ。ふきだしてくる蜘蛛の糸を頭の中で撚《よ》り紡いで文章にし、それを口までもってきて発音しようと、絶句したままの人の顔を（自身の手で文字を綴るより、はるかに不確かでまどろっこしい作業だ）、机に原稿用紙をひろげ、差し向いから不思議そうにみつめていたら、「そんなにみるんじゃない。そんな眼で人の顔をみるな」と、ひどく叱られた。一つ家に寝起きし、同じものを食べ、身のまわりの世話をしたからといって、口述筆記など手伝ったからといって、ものを書く人との間には千里のへだたりがある。

ものを書く人、絵を描く人、ピアノやヴァイオリンを弾く人、踊る人、そういった人たちは、自分とは縁のない遠い世界に住んでいると、小さいころから思っていた。文章は自分で書くものでなく、本で読むもの。ピアノは切符を買って聴きにいくもの。文章や絵や音楽の製造元の人になりたいと思ったことはなかった。趣味で文章を綴る、趣味で絵を描く——そういうことも出来ないような気がしていた。製造元の人と一緒に暮すことになってから、その気持はますます堅固になった。

　さきごろ上梓された私の『富士日記』上下二巻は、富士北麓に山小屋を建てた昭和三十九年から、夫が死んだ五十一年秋までの山暮しの記録だ。十三年の間に日記帳は十二冊になり、山小屋の押入れの段ボール箱に入っていた。夫が死ななければ、いまも押入れの奥に入っているはずのものだ。

「長い間、あきずに書きましたね。よほど書くことが好きなんですね」。よく人に問われる。二冊の本を眺めて、私だってキョトンとしているのだ。よくまあ、この私が書き続けたものだ。

　山小屋が建ったとき、もらいものの日記帳を私の前に置いて夫は言った。「百合子にこれをやるからな。日記をつけてみろ。山にいる間だけでいいから。俺もつけるから。代る代るつけよう。な？　それならつけるか？」。私が首を振ると、「どんな風につけてもいい。何も書くことがなかったら、その日に買ったものと天気だけでもいい。面白かったことやしたことがあったら書けばいい。日記の中で述懐や反省はしなくてもいい。反省の似合わない女なんだから。反省するときゃ、必ずずるいことを考えているんだからな。百合子が俺にしゃべったり、よくひとりごといってるだろ。あんな調子でいいんだ。自分が書き易いやり方で書けばいいんだ」と、重ねて言った。

そういえば、名所写真絵葉書が好きで、東京タワーや明治神宮のまで買ってしまう夫は、私が絵葉書をまだバカにしてもいないのに、先まわりしてたしなめるのだった。「絵葉書の写真をバカにしてはいかんぞ。泥臭くて野暮臭くて平凡さ。しかし隅々まではっきりていねいにうつしてある。それだけだって大したもんだ」。

山暮しの夕飯はいつも早々と終った。（ながいことタダで食べさせてもらってるもの。それじゃ、日記ぐらいつけてみようか）私は毎晩、日記帳をひろげた。書くことをしぶっていた私が、平凡なくり返しの日々を、あきることなく書き続けてきたのは、折り折りの夫のこうした言葉があったからだ。「つけているか。つけるのだぞ」と声をかけてはいたが、面倒くさがりの夫は、私の日記を仔細に読んだりしてはいなかったようだ。ほめもけなしもしなかった。夫がいなくなったら、一日も日記はつけていない。

○自分に似合わない言葉、分らない言葉は使わないようにしたいと思っている。例「時点」「接点」「原点」「次元」「問題点」「私にとって――とは」「あなたにとって――とは」「――的」「出会い」など。

○キライな言葉は使わないでいようと思っている。例「ビューティフルに生きなくては」「ビューティフルな関係」「ビューティフルな生きざま」「ヤングたち」「とんでる女」「とべるでしょうか」などなどの、女性週刊誌やテレビその他で流行《はや》らせる言葉。流行語がすべてイヤというわけではない。「たたりじゃあ」「よっしゃといきましょう」「頑張らなくっちゃ」などは、ちっともイヤではない。ひとりごとで言っていることだってある。

○美しい景色、美しい心、美しい老後など「美しい」という言葉を簡単に使わないようにしたいと思っている。景色が美しいと思ったら、どういう風かくわしく書く。心がどういう風かくわしく書く。くだくだとくわしく書いているうちに、美しいということではなくなってきてしまうことがあるが、それでも、なるたけ、くわしく書く。「美しい」という言葉がキライなのではない。やたらと口走るのは何だか恥ずかしいからだ。

　山で日記をつけたほかは、文章をせっせと書くこともなかった私だ。私には日記を書くことも、話をすることも、手紙葉書を人にだすことも同じだった。自分の気持や用件をあらわしたい、伝えたい――と一生懸命なだけだ。難しい用語を知らないから、自分が話すときの言葉でしか私は書けない。

「とうちゃん。無量庵の電信柱のところに真白な犬の糞がある。何食べるとあんな真白なのが出るんだろう」。外から帰ると、いましがた見てきたこと、あったことを、気分の照り降りのままに夫に告げるのが私のクセだった。私はおしゃべりなのだ。きいてくれる夫がいなくなってから、手紙葉書のほかに、ときたま、こうして文章を書いている。もう夫としゃべったり喧嘩したり出来ないので、その代りのように原稿用紙に文字を書いている。それに、こうして原稿用紙に文章を書くとお金が頂けるのだ。よいとまけに出かけていって頑張って働いているみたいな喜びもあるから書いている。

録音した自分の声をきくと、隠していたイヤらしさを固まりにしてみせつけられたようで、いたたまれない。自分の書いた字が活字になり、はじめて見るときの怖れもそれに似通っていると知った。

先日、酒席で愉快になってしまった私は「女港町」を歌手の如く歌った。あらためて録音テープから出てくる自分の歌声をきいたら、間抜けてだらしがなかったので、心底がっかりした。しかし、翌日、私は「女港町」のレコードを買いに出かけた。くじけることなく、毎日ひとり練習している。次にはカラオケレコードも買いたい。歌だとこうして精進に励むのに、文章修業は何故か心臆《おく》してしまう。「ものを書く」という作業が、体にわるいというか、縁起わるいというか、恥ずかしいというか、一種暗ぁいことのような気がするからだろうか。

好きな本を一冊、といわれれば『黒い雨』（井伏鱒二著）。山小屋の夫の書棚に置いてある本だ。七月がくると山暮しがはじまる。梅雨があけて土用に入る。真夏の大気、森羅万象にうながされるように、『黒い雨』を読みはじめる。涙ぐんだり笑ったりして読みおわる。毎年くり返して、あきることない。

サム　サンデー　モーニング

「わしは小説家はイヤじゃ。心中しよるから。この家で心中されては困るんじゃ。御主人の面通しを一度せにゃ、部屋はお貸しできませんなあ」

周旋屋《しゅうせんや》の紹介で訪ねてきた私の話に機嫌よく肯いていた女主人は、一緒に暮しているる男の職業をきいたとたん、血色のいい平べったい童顔をしかめて渋りはじめた。梅雨どきのついこの間、小説家が心中したばかりだったから。

　大柄ないかつい相撲取りのような胴体に、着物をゆったりと無造作にまきつけた白髪の女主人は、笑い声にも話し声にも張りがあってカン高い。高血圧なのか、そのあとさきに体をはずませて息をしゅっしゅっと洩らす。肯いても、しゅうっと洩れる。すぐに汗ばんでくるらしく、赤味のあるころころの掌で、眼と鼻のあたりを始終撫でまわしている。六十歳は越えているようにみえた。

私鉄N駅に近いK旅館は、女中を相手に暮していた身寄りのない官吏未亡人が、敗戦後、焼け残った自宅に看板を出している素人旅館だった。部屋のしきりは、すべて障子や襖だから、宿屋向きではない。二階の二間と階下の一間を客部屋にあててはいたが、客のないときの心細さから、一間を間貸しに出したところだった。

年寄りを扱うことの上手な武田（泰淳）は、女主人の面通しにたちまち合格した。私たちは、二階の一部屋に引越してきた。

「おい、おい、おタミ。百合子サマがお出かけじゃ」女主人は女中と見送ってくれる。午後、私はN駅から電車に乗り、二度乗り替えて、神田神保町のS酒房へ出勤する。店が退けると、また二度乗り替えてN駅へ降りる。百合子サマの私は、たいてい酔払って終電車で帰ってきた。

「百合子サマか？　御無事でよう戻られた。早うお休みなされ」床に入っている女主人は、襖越しに声をかけてくれる。

起きている間中、相手かまわず、西国なまりの男言葉を張りあげて、大仰に躁いだり怒ったりして暮している人なのに、床に入れば何か思いあぐねるのか、夜更けの襖越しの声は湿って気弱かった。

一晩に一組の客があれば女主人は喜んでいた。薬屋、布地屋、筆屋、砥石屋、日本語のうまいヤンさんという中国人、李さんという朝鮮人——行商の男客たちは、一人で来てひっそりと泊り、翌朝、ひっそりと食事をして出て行った。毎回ちがう男を連れてくる常連の女たちもいた。食事もせずに男が帰ったあと、女主人と朝食を済ませた女は、そのまま昼過ぎまで女主人の居間で遊んでいる。柱にもたれて、ぐったりと陽を浴びたりしていた。

「あんたも男好きじゃねえ。昨夜の男はタダにまけてやった？　宿賃も半々で出した？　もっと商売気を出さねばダメじゃ。年とることを考えよ」そんなことを女主人は言いきかせているが、女が玄関を出るとすぐ「おーい、おタミ。Ｕちゃんのあてとった座布団、すぐ陽に干さんかい」と大声で女中をよび、まだその辺にいるかもしれないＵ子さんに聞えてしまうのではないかと心配な私に向って「あの女のあてとった座布団には、すぐ坐ってはなりませぬぞ。男からうつされた病は、座布団からもうつりますのじゃ」などと注意してくれるのだった。

　色が黒くてずんぐりとした、無表情で無口なおタミさんは、いくつぐらいだかわからない。二十五歳位に見えたり、五十歳位に見えたりする。「忠婢おタミ」そういうよりほかに、いいようがない。

夜中、おタミさんが男女の泊り客の部屋の前に佇《た》っている。厠へ通り抜けてゆこうとする私を、ピカピカ光る狸のような小さな奥眼でチラッと見ただけで、また部屋の中を、景色でも眺めているように覗いている。

　或る朝のこと、洗顔に下りてきた私を、女主人はいそいそと居間に招《よ》んだ。

「百合子サマ。昨夜は面白いことがありましたぞ。夜中に何やらヘンなのじゃ。眼をあくと、ヤンさんが蚊帳をかいくぐって這い寄りおるのですわ。ふいと、その気になったのじゃなあ。あの、おとなしい人が。わしは断固として断わりましたぞ。『ヤンさん。折角じゃが、わしのところへきても無駄じゃ。亭主が死んだ日から、このわしのアナというアナには全部セメントがつまっておりますのじゃ』ヤンさんはなあ、また蚊帳をかいくぐって戻っていきよりました。何とのう具合がわるいのですかなあ。ヤンさんは早目にお発ちじゃ」女主人は愉快そうに笑った。

　武田のいない或る晩のこと。額のあたりにかぶさってくるもの——どこからか視《み》られている重たさで眼が覚めた。

　枕元の襖が、人の体の幅だけ開かれて、ユカタの男が佇っている。いましがた開けたのではなくて、大分前から、そうやって見下《みおろ》していた気配で、ぼーっと佇っている。

「どなたでしょうか？」眼が覚めてそのままの、仰向けの恰好で、ふとんの中から私は訊いた。

「………」

「私に何か御用でしょうか？」

「……いま何時ごろかと思って」

「私は時計を持っていません」

「眼覚し時計もありませんか？」

「眼覚し時計もありません」

「……十二時ごろでしょうかねえ……」

「十二時ではないと思います。私がねたのが十二時でしたから。いまは夜中でしょう」

「………」

「私はまた眠りますから、どうぞそこはお閉めになって下さい」

それから一寸《ちょっと》の間、黙って佇っていた男は、そろりそろりと襖を閉め、閉めぎわに「お休みなさい」と言った。私も「お休みなさい」と言った。言ったあと、急に眠りにおちて朝になった。男は発ったあとだった。砥石屋だった。

私は誰にも話さなかったような気がする。女主人の武勇談のようではなかったから。そのうちに忘れてしまって、いまごろになって思い出している。

私の部屋の窓からは、広い空と焼け残った郊外の庭木の緑が見渡せた。電車がN駅にとまり、発車し、踏切りがテンテンと鳴る音が聞えた。店を休んだ日の真昼、油揚げの入った味付け御飯を炊いた。あちこちに霞《かす》んで咲いている桜を眺めながら、武田とゆっくり食べた。

両親と寺に住む武田は、この部屋と寺を往復していた。高田馬場から出るガランとした終電車の一番隅に、武田がぽつんと腰かけていることもあった。もうろうと駅の階段を上り下りして終電車に乗り込むと、私は酔眼をすえて、その席のあたりをいつも確かめてしまう。いると嬉しかった。

そのころは「サム　サンデー　モーニング……」というアメリカの歌が流行っていた。陽が一杯あたっていて、かったるいような――その歌を私はよく歌っていた。N駅に降りて、真暗な道をK旅館まで帰ってくるとき、よく歌った。

開高さんと羊子さん

一、一度筵《いーとういえん》　菜単《さいたん》
一、錦綉《ちんしゅう》　拼盤《ぴんぱん》
一、紅扒《ほんちゃぁ》　八珍《ばぁちぇん》
一、五穀豊穣《うーしえほんじゃん》
一、蟹花草茹《はいほわさおるう》
一、清蒸《ちんしょん》　芙蓉《ふうるん》
一、冬虫《とんちゅん》　夏草《しぁさぉ》
一、紅糟《ほんちゃお》　子鶏《つうちぃ》
一、竹《ちゅう》節《すん》元盅《ゆあん》
一、木樨腰花《むうちぃやおほゎ》
一、蛋餃《たんちゃお》　子湯《つうたん》

一、魚包宝糸《ゆいぱおばおすう》
一、冰糖銀耳《ぴんたんいんある》
　小心《しゃおしん》
一、政治と告白話おことわり
一、もっぱら軽薄の言動を愉しむこと
一、ウソでもよろしいコックの腕前をほめること
請帖《ちんてぃえ》　銀鞍公子和銀鞍公女的宴席《いんあんくんつうはいいんあんくんにゅいでいあんし》
昭和四十七年五月二十七日下午六時敬
　備菲酌恭請
台光　　　　　　　　　　牧羊子謹訂
席設　一度筵　○宅
　　　二度筵　本宅（有趣）

流麗な筆書きのこの招待状は、開高夫人羊子さんがよこされたものである。仮名も

羊子さんがふられたものである。

「うちとこよりお庭が広くて清々してるの」親しくしているすぐ近くのO家の座敷を拝借するという、二次会は開高家で趣の有ることを催すという。

　はじめての道を二、三度迷いながら車を走らせて行くと、生垣の四ツ辻に開高さんが交通巡査の如く、うっそりと佇って待っていた。夏が間近い、明るい夕方だった。

　この日の銀鞍公《ぎんあんこう》子《し》は、平野謙さん、埴谷雄高さん、辻邦生さん、武田。銀鞍公女は、埴谷夫人と私であった。

　O家の応接間には、平野さんが待ちかねていた。客が揃うと、とろんとした布地の中国服を着た羊子さんが、中国茶と中国菓子を運んで嫣然《えんぜん》とあらわれた。どうしたわけか、平野さんは二時間も前に来てしまったらしかった。そのせいか、平野さんは中国菓子を手にとって口まで運ぶ途中で、一部分をO家の美麗なじゅうたんに落してしまった。アメ状の菓子はなめくじみたいにべっとりとくっついた。「あ‼」平野さんは声をあげ、あわててつまみとって、とても羞《は》ずかしそうにした。

　庭がよく見える座敷で晩餐会がはじまった。開高さんの背後の襖があいて、O家の夫人と令嬢が、羊子さんとともに、料理の大皿などを運んであらわれる。われわれは挨拶して、庭や家をほめた。辻さんは「お綺麗な方ですね」と令嬢のこともほめた。料理にはモツが入っている。羊子さんの料理のモツはおいしいので有名である。皆、箸をのばして頂いた。羊子さんたちは襖の向うへひっこむと、それから長いこと出てこなかった。次の料理の仕度にかかっているらしかった。もうあらわれるかな、と思ってもあらわれなかった。開高さんは、われわれに酒をすすめ、刻をはかるような面持ちで、ゆっくりとふらんす艶笑《えんしょう》小咄《こばなし》をした。ゆっくりと一つしても羊子さんはあらわれないので、その二をした。

山盛りの大皿と羊子さんが、やがて襖の向うからあらわれた。羊子さんの顔はずいぶん蒼くなっている。珍しい料理。羊子さんはあれこれと料理の説明をする。待っていた皆は喜ぶ。モツが入っていておいしい。羊子さんはすぐにひっこむ。それから長いこと出てこなかった。開高さんは小咄その三をした。やがて山盛りの大皿と、前よりもっと蒼ざめた羊子さんがあらわれる。息遣いがはげしくなっている。

出てくる料理、出てくる料理、どの皿も絢爛《けんらん》としていて、私は生れてはじめて食べる料理ばかりである。鶏のおなかがふくれていて、切ると香料の効いた御飯がつまっている料理。竹筒に茶わんむし風のものが入っているのは、青竹の匂いが口中にひろがった。その竹筒は、今日のために羊子さんが香港（台湾だったかもしれない）で求めてきたものだった。

　栓抜きをとりに襖の向うへ行ったら、道子さん（開高さんの令嬢）が、息をせいせいいわせて勝手口へ駈けこんできたところだった。私が想像するには、羊子さん母娘は開高家とＯ家の台所を走って往復し、鍋だの材料だの忘れものだのを運びながら、料理をととのえている様子だった。もしかすると、開高家はそんなにすぐ近くではないのかもしれない。

　われわれがうっとりと満喫してくるにつれて、襖の向うから山盛りの大皿とあらわれる羊子さんの顔は、そのたびごとに蒼さが増している。痩せてもきたようだ。息だって肩でついている。私ばかりにそう見えたのではない。

「僕はさっきから気になって仕方がない。どんどん憔悴されてくるようです。もう、どうかお坐りになって下さい。十二分に頂きましたから」平野さんが中腰になって羊子さんを制したけれど、羊子さんは次の料理のためにひっこんでしまった。

　にぎやかにしていた会話がふととだえたとき、地虫が鳴いているような低いテレビの音と、息をひそめてそれを観ているらしいこの家の御主人と息子さんの気配が、隣室から伝わってきた。十二時になっていた。

「いま頂いている料理は、メニューのどのあたりでしょうか」と、平野さんが訊ねた。われわれは、頭がぼんやりするほど満腹してしまっているのに、メニューは半ばまできたところなのだった。メニューにしたがえば夜明けになる。O家を辞して、夜の道をぞろぞろと開高家へ移った。

二度筵は、ブルーフィルム三本立大会であった。この三本を精選するのに、昨日は一日中、借りてきた沢山のフィルムを試写しつづけ、眼と脳がすっかりくたびれた、と映写係兼弁士の開高さんが言う。最初の一本目の主演男優は埴谷さんによう似てまっせ、と言う。ジャック・パランスと埴谷さんと三遊亭円生を混ぜた感じの神父様(私の記憶ちがいかもしれない。もしかすると看守だったかもしれない)が出てきて、精力絶倫の大活躍をした。二本目のときだったか、O家とを往復して後片付けをしていた羊子さんが途中から入ってきて立見をしていたが、けろりとした声で

「この女の人、百合子さんに似てはるやんか」と言って、また後片付けに出かけていった。私はぎょっとなって応接間をぬけだし、水を飲みにいった。

大晩餐の下拵《したごしら》えを、いく日もかけて羊子さんはここでしていたのだろう。ほの暗

い台所は、床上浸水のあとのように騒然としていて、流しには水を張った大きなボールに、使われなかったモツがぽっかり浮かんでいた。食卓の下の大鍋の中にもモツがぽっかり浮かんでいた。

映画が終ると蛇酒が出た。平野さんが突然、老後と老人ホームというものについて、しみじみと話しはじめた。

前年の暮に脳血栓を患ってから口重くなっていた人は、帰る車の中でも眠らず、家に着いてからも食堂の長椅子に横になったまま、いつまでも眼をあけていた。御馳走でふくらんだお腹を大切そうに軽く叩きながら、いつになく躁ぎつづけていた。

「面白かったなあ。開高夫婦はああいうとき、徹底して客につとめるな。いっしょうけんめいだ。気持よかったな」

今年の四月、平野さんの御葬儀があった。御焼香をすませた開高さんが、ベソをかいた餓鬼大将の横顔をみせてすれちがった。

徹底サービスの合間に、鬼が呟くようなことをちらっと洩らされたりするお人だけれど、泣虫なのだ。おととしの武田の葬儀のときには司会の役をひきうけて下さったっけ——酷なことだったな、と思った。

サービスされっ放しの私たちだった。武田がいたころの楽しかった思い出がいっぱいある。

よしゆき賛江

本屋のビルの小部屋にいると、昇降機の上ってくる音がして、とまる音がした（昔の古い昇降機は大きな音がした）。やがて黒い学生服の人が肩をかしげてするっと入ってきた。なんてきれいな人だろう、そのとき茫然《ぼうぜん》とした。

大学生姿を見たことがあるのだけれど……その記憶をたしかめてみたら、着るものがなかったからね、いや、まだ学生だったのだ、と吉行〔淳之介〕さんはいっていた。

昭和二十二年か、三年ごろだったと思う。その小部屋は吉行さんたちの作っている雑誌の編集所になっていたらしかった。カストリ焼酎や密造ウィスキーなど持ちこんで飲む場所にもなっていたらしかった。酒盛りに一度私もまぜてもらったことがあった。遅れていったので、みんなに追いつこうと精出して飲んだのがいけなかった。くらくらに酔ってしまった私は、窓ぎわの吉行さんめがけて、机上の缶詰のあき缶（だと思う。中身が入っているのは投げなかったと思う）を投げつけた。投げつけたらとまらなくなって、どんどん投げた。何がきっかけでそんな酒乱になったのか——大人びた美男の吉行さんに無視され、くやしくてひがみくり返ったのだ。ボクサーが顔面をガードするように肘をあげて巧みに避けながら、吉行さんは落ちつきはらって酒を飲んでいた。ビルの何階だったか、高みにある小部屋は窓があいていて、投げたあき缶のいくつかが、空をきって落下していったような気がしている。

神田神保町の酒房に働いていた私は、店がひけると御茶ノ水駅から電車に乗って帰る。或る晩、看板までいた吉行さんたちと一緒になった。あのころは自動車など少なかった。敗戦後の色が濃く漂う町には「バタバタ」とよぶモーター付きの輪タクが走っていたが、みんなそれにも乗ることなどなく、どんなに大量の酒を飲んでも駅の階段を上り下りし、電車で帰った。金がなくて、若かった。駿河台坂の明大の前あたりを歩いているとき、どうしたわけか、いきなり力まかせに吉行さんの顔を叩いた（ぶっ叩いた）ことを覚えている。向い合って「やい、よしゆき」と果し合いのおサムライみたいにいってからぶったような気がする。それからまたみんなで御茶ノ水駅へ向って歩いて行ったような気がする。

別の或る晩、御茶ノ水駅のホームで吉行さんたちに出会った。四、五人の仲間とごそごそ相談していた吉行さんは、離れて立っている私のところへやってきた。「これからうちへ遊びに来ない？　寄っていかない？」吉行さんの家は市ケ谷にあったと思う。

「行かない」と断わると、くるりと向きを変えて戻っていった。次に会ったとき、どうして来なかったか、と訊《き》かれた私は、

「みんなでワルいこと相談していたんでしょう。毒牙にかかるのイヤだもの」と答えた。すると吉行さんは「そんなことはないよ。それは君の意識過剰というものだよ」と、真顔で私をたしなめた。たちまち私は反省して、これからは人に誘われたらハイといって遊びに行かなくちゃ、と思った。

　肩を斜めにして、まるで片腕がない男のような姿勢で、吉行さんは向うから近づいてきた。そのときの歩き方と、はじめて会ったときの、部屋へ入ってくる入ってき方は、いまも眼の裏に鮮やかだ。なうてのポン引、なうての女衒《ぜげん》というのは、こんな風なのではないかしら。普通のポン引しか見たことのない私は想像をめぐらす。

　思い出せばどれもこれも、キャッというほど恥ずかしい話。生意気で粗暴な小娘であった自分が恥ずかしい。

近ごろは宴会場などで、誰彼と談笑している吉行さんの立姿を遠くから眺めている。頑ななほどに変らない人だなあ、と敬愛の念をこめて眺めている。ちょっとだけ挨拶したいな、そのときには上品なやさしい声を出さなくちゃ、と心しながら眺めている。

「お岩の旦那に似ているのね」いつかそのような折にいったら

「ああ伊右衛門ね、誰とか（名前を忘れた）にもいわれたことがある」と当り前の顔をしていっていた。もしも私の住んでいるアパートの隣り部屋に吉行さんが越してきたら、私は困ってしまうだろう。隣りに住んでいると思っただけで、気になって気になって、お岩になってしまうのではないか。

あの頃

武田の七七日をすませた頃、竹内好さんの病状が重くなっていった。十月初旬の武田の葬儀には葬儀委員長の役をひきうけて下さったけれど、すでに病を抱えておられる身であった。十二月と一月と二月、週に一度、吉祥寺のM病院へ伺った。今度は見舞う側の者となって井の頭線の吊皮を握っている。線路工事だろうか、電車がとき折り速度を落とす。冬の陽がいっぱいあたった庭先の洗濯物や垣根にしがみついて咲く山《さ》茶花《ざんか》や菊の花が、車窓をすれすれにのろのろとよぎっていく。垣根をすかせて硝子戸の奥に起《た》ち居《い》する家族の人影がやわらかく動いて見える。――暗いお湯（こんな言葉あるだろうか）が肋骨の裏を流れ、急に逆流して眼球からふきこぼれた。

病室の扉をほそめに開ける。竹内さんの大きな頭がふとんの向うに見える。寝台のすそ近くの椅子に埴谷〔雄高〕さんがいる。眼をつぶって肩を落した埴谷さんは石と化してしまったかのよう、この世の人とは思われない土気色の顔だ。埴谷さんがこのような状態にあるのは、竹内さんが眠りにつき、そうして辺りに誰もいない、ほんの短かい間のことらしかった。晴れている日の病室は汗ばむほどの暖かさだった。桜が咲く頃には、この世の人ではなくなるかもしれない竹内さんは、キューピイさんみたいに顔と頭を上気させて眠っていた。

竹内さんがぽっかりと眼をあける。その気配で埴谷さんは化石から人となる。竹内さんの水分を湛えた大きな両眼に、みるみる光が宿る。と、埴谷さんはのりだして耳を傾ける姿勢をとる。異様に力強い口調で竹内さんが語りはじめる。

いましがた見ていた夢の話。少年の頃の話。兵隊のときの話。武田の話。……病《びょう》臥《が》の人に聞かせるため、声を明るく張って埴谷さんはうけ答えする。ひとしきりののち、再び竹内さんは眠りの中へ漂いおちて行く。埴谷さんもまた椅子に体を埋めて眼をつぶる。

毎日々々、ここに来て埴谷さんはこうしているのだ。そんなに毎日来なくても大丈夫ですよ、宿題や予習があるでしょうに、と諭されても、一日だって病気の友達のところへ来ないでいることは出来ない中学生のように。来る途中の本屋で買ってきたのであろう、病人の面白がりそうなグラフ雑誌を「どうかね。こんなの見てみるかね」

と遠慮がちにひろげてみせたりしていることもあった。

たまに埴谷さんと一緒に病院の門を出る日があった。（今日の竹内さんの様子を早くうちへ帰って報告しなくちゃ――）と、ひとり気が急ぎ（あ、うちで待っている人は、こないだからもういないんだった）と、ひとりおかしくなりながら、空と道だけがどんどん暮れてゆく商店街通りを、埴谷さんのあとから随いて行く。吉祥寺には、何て果物屋さんが多いんだろう。水銀灯まばゆい店はみかんだらけだ。山積みされたみかんは、うんざりする位みかん色みかん色している。何てわざとらしい色なんだろう。重病の人を見舞って病院を出てくると、往来に叩きつけられたように放り出されたように、どうしていいかわからなくなってしまう。まだまだこのまんま、ぼんやりと歩いていたいような気分と、何かうんと凄い面白い話を聞かせてもらいたいような気分がいりまじっている。コートを着た埴谷さんの後姿から、えがらっぽい焦げくさい煙がたちのぼっているみたいだ。私の後姿からもたちのぼっているのだろう。

「うちへ寄っていくかね。とし子（埴谷夫人）と話でもして晩飯でも食べていくかね」

今日は寄らないで帰る、というと、じゃコーヒーでも飲んでいくか、といって下さる。

　駅ビルの中の喫茶店は満員である。つとめ帰りの若い男女や学生の間に入って、コートを着たまま腰を下ろす。埴谷さんはレモンスカッシュ、私はコーヒーをとる。埴谷さんは薄切りレモンの上にのって浮いているぐにゃぐにゃの桃色さくらんぼをストローでよけながら、汁だけ吸っている。

　ついこの間のことだ。G病院の食堂の隅で、埴谷さんと私はチョコレートのかかったアイスクリームを前にして向い合っていた。あれにも缶詰の桃色さくらんぼがのせてあった。アイスクリームをなるたけのろのろと舐め、さくらんぼも食べてしまい、生ぬるいコップの水も飲み干してしまってから、「武田はガンなの」出来るだけそーっと夫の病名をいった。いくら目立たない普通の声でいっても、あれはやっぱり目立ってしまう発音の言葉なのだ。ガという音が私の口から出るや、埴谷さんは両掌でぱっと顔を押えてしまった。声を殺して、そのまましばらく泣いていた。形のいい長い指の間から洩れてくる大量の涙が、鼻と口からも垂れてくる水分と合わさって、手の甲と手首をつたい流れて行く。男の人のこのような泣き方を生れてはじめて見た。私は消音拳銃で埴谷さんを射ってしまった気がして、じいっとしていた。埴谷さんのアイスクリームの皿に桃色さくらんぼが残っていた。もう、すぐそこまできていて、私を待ちうけている黒い大きな雲のような洞穴のようなもの——埴谷さんの泣く姿を見ていると、それが途方もなくふくれ上っていって、もっと真黒なものになっていった。

「くたびれたでしょう？　こんなことばかり続いて。追悼文もたくさん書かなくちゃならないし」

「うちにいるときは、ふとんの中で眼をつぶっているよ。食事や用足しにそーっと起きて、また抜けがらの恰好になってるふとんにそーっと入って、じっと眼をつぶってるよ」

「みんな、病気したり死んだりしないようにしなくちゃ。埴谷さんが仕事出来なくなるものね。でも、これからは、ますます病気したり死んだりするばかりよ。『死靈《しれい》』のつづきがなかなか書けないわね」

「そういうことかな。困りましたね。弱りましたね」うなずくでもなく声も立てず、埴谷さんは笑っている。

思い出

三十年も昔のこと。

私は神田神保町の「らんぼお」という酒房で働いていた。二階にある出版社の社長が経営主で、その出版社に矢牧一宏さんがいたから「世代」の一部の人たちは、この店を溜り場にしていた。ごくたまだけれど、遠藤〔麟一朗〕さんも姿をみせた。糊とアイロンのきいた純白のシャツをいつも身につけていた。背広の前をわって長い脚を投げだすように腰を下ろすと、大人びた瀟洒《しょうしゃ》な美男ぶりは辺りを払って、客もバーテンの少年たちも、はっと眼を遣ったものだ。

テーブルをまわって註文をうけ、運ぶのが私の仕事だった。黒いハイヒールに素足をおしこみ、板ばりの床をずかずか歩きまわる。冬も夏もそうで、一足しかない古靴は汚れに汚れてツヤが失せ、湿ってゴム製に見えた。履いていると重かった。「汚ねえパンプスだなあ」と、私の靴のことばかり言って酔払っている客もあった。

遠藤さんの美意識では見ていられなかったのだろう。ある日、店の近くの小さな靴屋で靴を買ってくれた。新しい靴に履き替えているとき、顔見知りの靴屋のおやじは「男前だねえ。あの人、あんたの旦那？」と、顔の下から訊いた。「ちがう。店のお客さん」「そりゃ、そうだろうなあ」。表に佇って待っている遠藤さんと私とをもう一度見くらべて、至極当然という風におやじは肯いた。古靴を棄てて靴屋を出ると、陽がさんさんと射していたのをおぼえている。新しい靴は黒い靴ではなかったような気がする。灰色の靴だったような気がする。靴は私の給料二ケ月分ほどであった。

その日だったろうか。別の日だったろうか。遠藤さんと都電に乗って窓ぎわにたっていた。ところどころ窓硝子のない電車は、疎開跡や焼け跡がまだ残る神田の町を、風通しよく揺れて走った。四ツ角に出来上りかけている、めずらしく立派な建物を指して、

「あれは何だと思う？」と遠藤さんは言った。

「銀行」

「そう」と、遠藤さんは何だか嬉しそうだった。

一昨年の六月、「世代」の集まりに昔なじみの私も招かれた。三十年ぶりに会った

遠藤さんは、少しやつれ、赤黒い顔色に見えた。内臓手術をされて、酒は余り飲めないのだ、ということだった。二次会の席で燥《はしゃ》ぎつづける私のうしろに、いつのまにか遠藤さんがいて「君はよくしゃべるようになったね」と耳元で言った。ギクリとして酔が醒めた。靴と同じだ。見ていられなかったのだ。

　それから半月ほど経った夏の朝、電話のベルが鳴った。「富士日記」というのは何という雑誌にのっているのか、という問合せだった。嬉しかった。

「十月には本になるから、そのときお送りします。昔買って頂いた靴のお礼に」と答えると

「いや、ぼくは金を出して本屋で買います」くっと斜《はす》にあごをひいている――それが、受話器の奥からごろごろした低い声とともに伝わってきた。「それでは買って下さい」と私は言い直した。まだ陽盛りにならない裏の林で、かなかな蟬が鳴いている。何か話をしたい。何の話をしようか。

「早起きですね」と言うと、

「早起きなどという言葉を使う時間ではないよ。ぼくは会社から電話をかけています」と言った。

急逝されたのち、死に到るまでの生活や人となりを、遠藤さんと親しかったいくたりかの人たちから伺った。私の知らなかった胸に沁みる話ばかりだった。

映画俳優Nは『仁義なき戦い』その他の名作ヤクザ映画に、縞の背広に白コートをひっかけて、あるいは和服を着流して、登場する。先日は『柳生一族の陰謀』で公卿に扮した。公卿姿が似合う映画俳優など、Nしかいない。公卿烏丸少将は、薄化粧までして優雅この上なく、権謀術数に長け、文武両道に秀で、柳生忍者と互角にわたり合うのである。映画やテレビにNが出てくるたびに、あの、美意識の権化であった人を思い出す。

Nに似ている、と言ったら、まるで似ていない、まるでちがう、と言った人があったけれど、かまわない。

梅崎春生さんの思い出

「……隣りのその女性が『わたし、これが気分わるくて怖くてだめなんです。すみませんが手を握っていて下さい』なんて言うの。しようがないから、ぼくは飛行機がちゃんと降りるまで、ずっと接吻しつづけてたんだ」中村〔真一郎〕さんは、そこで席を立った。ジェット旅客機で洋行したときの話である。何だか、しんとしてしまった。中村さんが階段を上っていって、二階の便所に入って、扉が閉まる音がしたとたん、「彼の言うことはウソです。あんなこと、そんなに長く出来るはずがない。窒息してしまう。出鱈目《でたらめ》です。彼の言うこと本気にしちゃいけませんよ」梅崎さんは目を伏せたまま、ひと息に弱々しく言った。悲鳴のようだった。皆、また、しんとしてしまった。鼻の孔があるから、と考えを述べようとした私も、やめた。あさって会の人たちが揃って、お酒を飲んでいた。寝椅子に横になった椎名さんの足先に、夫が腰を下していた。十七、八年前には、足場のいい赤坂のわが家で、あさって会の集まりをすることがあった。

十四年前の――五月末だったと思う。座談会に出た夫が、野間さんと埴谷さんと梅崎さんを誘って帰ってきた。玄関を入るなり「肝臓は全快しました」と梅崎さんは挨拶された。埴谷さんはウイスキーの瓶を膝の間に抱え込んで管理し、自分たち三人のコップには沢山つぎ、梅崎さんのコップには一たらしほどずつついだ。梅崎さんは三人の会話には、あまり加わらなかった。前の年から病気療養中であった梅崎さんは、久しぶりに会えた三人といることが、ただ嬉しいらしかった。私を話相手に、ほとんど水であるコップを傾けていた。

「知生はいい子でしょう？ あの子はほんとにいい子ですよ。この頃ぼくは知生が可愛くてしようがない」知生さんは長男で、うちの娘とおない年である。

十二時をまわって、梅崎家へ電話をした。

「え、お酒飲んでるんですか⁉」

一瞬、声をのんだようになってから、黒い受話器の奥に、澄んだ、か細い、虫の鳴くような声がした。「……梅崎、死んでしまうわ……」

恵津夫人のその声は、忘れられない。

帰るとき、足がもつれたのか、梅崎さんは体を泳がせてカウンターに突進し、上半身を投げだした。コップや水差しがなぎ倒されて、残らず砕け散った。いーん、と音《おん》叉《さ》のように尾を曳いて、――その音も、忘れられない。

それから梅雨に入り、梅雨があけた。真夏の大快晴の日の午後、富士の山小屋で、梅崎さんの急逝を知った。庭で草刈りしている夫に告げに行く。夫は黙って草の中にぽいと鎌を投げると、明け放した家にすたすたと入って行き、仕事部屋の襖をたてきった。夕飯に出てきて、のみ込むようにして食べ終ると、また、仕事部屋に入り、次の朝まで出てこなかった。

晩春のお寺

得度をうけるため、僧侶である父親につれられて、京都の知恩院へ上った十九歳のときの思い出を、夫はよく語った。

夫の骨を両手に抱えたとき、朝昼晩、読経の声の聞えてくるところに埋めてやりたい、と思った。何故って。——これから私は、どんどん年とって、どんどん頭がぼけていって、一緒に暮した男のことも忘れはててしまう日がくるような気が、ふっと、そのときしたのだ。

ひっそりした隅っこの方でよろしいのですが、とお寺に願い出ると、山の中腹にある昔からの墓地、その奥まったところの大きな樹の下を選んで下さった。

夫が死んで半歳経った五十二年の四月の末、朝から雨が降っていた。午《ひる》近く、傘をさした私と娘は、知恩院の若緑に染まる奥庭から、墓地への近道の、急な石段を上った。私たちの先を、うぐいす色の衣をつけた坊様は、一点のはねもあげずに、真白な足袋と真白な裾《すそ》を、雨足に閃《ひら》めくようにさせて上って行かれた。

おむすびに似た恰好の黄土色の自然石が、楠と思われる大樹の下に置かれて、雨に濡れていた。その下のカロートに骨壺を納めるとき、「分骨にしては、ずい分大きな骨壺だね」と、おかしそうに坊様はいわれた。「あたしの入る分もあけてあるので」と、私はいいわけした。

線香の煙は、揺れ崩れながら、雨の中をやっと立ち昇っていった。黄緑、銀緑、白緑、紅みを帯びた緑、葉をほどきひろげはじめた木立。眼の下に見え隠れする、魚の脊のような瓦屋根。

「ここに立てば、京都の町が一望でしょう。しかし、さっちゃんのお墓は、それを脊《せ》にして山の方を眺めている。さっちゃんらしくて、いいじゃありませんか」幼名を覺《さとる》といった夫は、身内の者からは、さっちゃんとよばれていた。夫が少年の頃から身内同様に親しい間柄であった坊様は、低く読経を終えられると、そんな風にいわれた。

振り向くと、山には葉隠れに、点々と、或いは、かたまって、白っぽく苔むした小さな墓が見える。傾いたり、倒れ重なったりしているのもある。ずい分昔の人の墓で、ほとんど無縁墓であるらしい。この辺りで討死した人を葬った墓が多い、ということだった。

雨は夜通し降り続き、翌朝は晴れわたった。宿の人にすすめられて、いまが満開の極みであるという長谷寺の牡丹を観に行くことにした。

京都から乗り継いだ電車は、事故なのか、線路工事なのか、駅でないところで長々と停り、のろのろ動いては、また停った。散り残っている桜も見えた。気がつかないうちにきて、もう去って行こうとする春を、窓から、眺めていた。午近くなると、電車は空いてきて、閉めきった車内は温室のようにあたたかすぎた。たいていの乗客は眼をつぶって、ぐんなりとしていた。老婆が三人並んで、脚を八の字にひろげて腰かけ、話し通しに話している。老婆たちの声だけが、芝居のように聞えてくる。

うちとこは、あんた、十六年の七月にとられましてん。大阪城ですわ。十九年になあ、満洲で戦死ですわ。三十七歳。大阪城に面会に行ったのが、最後ですねん。いまでも、よう、はっきり、大阪城で会うたときのこと、覚えてますねん。昨日のことのようですわ。

元気が一番どっせ。何というてもなあ。

ほんま。何ぼ死にとうのうても、死ぬ人は死にますえ。

ほんま。あっという間ですなあ。この年になるのんが。えらい早う日が経ちましたなあ。実は、うち、この年になっても主人がいてます。ほんまに、もう、お恥ずかしいことですねん。

　駅から長谷寺まで、延々、上り坂の両側には、土産物屋や名物を食べさせる食堂が並び、その間に雑貨屋や種子苗屋やガソリンスタンドやパン屋が混っていた。土産物屋には、布製の実物大の牡丹の造花を売っていて、種子苗屋には、蕾《つぼみ》がほころびかけたほんものの牡丹に根がついているのを売っていた。立止まって眺めると、これより先には、これ以上の牡丹は売っていない、と声が掛った。

　境内一円に満開であるはずの牡丹は、昨日の雨で、くちゃくちゃになっていた。とんでいた鳥や蝶の群が、いきなり、ばたばたと死にかけているような、どきりとする光景だった。不機嫌な参詣客《さんけいきゃく》は、すれちがうとき、お互いに意地わるい眼つきをして境内を巡り、それでも牡丹の前で写真を撮ったり、撮られたりしていた。

わが友　深沢七郎さん

　武田の初七日が済んだばかりだというのに、『文藝』の（いまは作品社の）寺田〔博〕さんにつれられて、私は対談をしにラブミー農場へ行った。通夜の日、遅くになってから、シビンとバケツと一緒に車に乗って、埼玉から赤坂まできてくれた深沢さんは、歩くこともやっとで、玄関から奥まで這いずって入ってきた。ぱんぱんにむくんだ脚を触らせて貰ったら鉄の硬さだった。この次は深沢さんがいなくなってしまう、そんな気がして、もう一度会いたかったのだ。

　何にもいらない、何でもある、と極力断わる深沢さんのいうこともきかずに、何か役に立つものを、と腰掛式ポータブル室内おまるをあげることに勝手にきめて、車に積んで行った。

　家に入ると、寝台が廊下にはみ出しそうになって置いてある部屋があって、寝台のあしもとに、私の持ってきたのと同じ室内おまるが、もっとはみ出て置いてあるのが見えた。深沢さんは「ほらね」といい発作が起るといつも入る病院にも同じものを専用に預けてあるのだ、と説明したけれど、（その頃の）私は、何故かへんに気分が昂ぶり放しになっていて「もう一つあったっていいじゃない。各部屋に一つづつあれば、もっと楽じゃない」と、ちっとも恥ずかしくなく平気なのだった。（その上、そのおまるは武田のために買って二回位使ったものなのに）

深沢さんと話していると、次第に明るい柔らかい気分――家に帰れば武田がちゃんといるような――になってきて、私はアハハなどと笑ったりした。ミスターヤギのこしらえた、揚げたての香ばしい大トンカツと雲のように盛りつけたせん切りキャベツを沢山食べて、ぶどう酒を沢山飲んだ。炊きたての白米御飯と大きなお椀の味噌汁も。私は酔払って、しまいには笑ってばかりいたようだ。帰りぎわ「俺、今日は女言葉でしゃべっちゃったよお」と深沢さんが寺田さんにいっていたので、私は靴を履きながら「マイッタ」と思った。

わが友　島尾ミホさん

ミホさんの本『海辺の生と死』を読んだ晩、私の夢に、船型星のような形をしたマーラン船が出てきた。この本の中の「旅の人たち」の章でミホさんが語っているその通りに「大きな白い帆に風を孕《はら》ませ滑るように」「南国の太陽が群青の海に眩《まぶ》しく油照りしている真昼間なのに不思議な妖気さえ漂わせ」て、多勢の船子たちが漕ぐマーラン船が、夢の中の沖合を白波をまき上げ、ゆっくりと通過して行った。こんなに極彩色の夢は滅多に見ない。とびきり上等なお酒をうんと飲んだ晩に、こんな具合の夢を見た記憶が一度あるだけだ。

　この本が田村俊子賞を受けたとき、鎌倉本慶寺で行なわれた授賞式に、風邪をこじらせたミホさんは出席できなかった。丁度、武田の付添運転手としてきていた私が、友だちだから代理を、といわれ、ごほうびを頂く役になった。麗《うら》らかな四月の青空の下、八重桜が満開の鐘つき堂の前で、得意満面、揚々と進み出て、賞状と万年筆と花束を頂いたのだ。

ミホさんからはじめて貰った手紙を覚えている。マヤちゃん（嬢ちゃん）にあげた赤いぽっくり下駄の御礼状だった。マヤちゃんも私の娘も、表を自由にうまく歩けるようになった四歳位の頃だったろう。便箋の罫など無視した達筆の、簡潔な文面の行間に、哀しさみたいなものが奔《ほとばし》っていたので、私は読んでいて、ぼんやりしてしまった。ミホさんが入院先の病院から出されたもののようだった。あれから三〇年近く経つ。

　武田が死んでからは、ミホさんは私に会うと、すぐ涙をいっぱい眼にためてしまう。話していて急に細い勁《つよ》い声となって、端然と座った姿勢のまま泣き出したことがあった。私に代って泣いてくれているのだ、という気がする。ミホさんが席を外したとき「ミホさんは、よく泣かれます？」と訊いたら、椅子の腕木に両手をだらりと預けた恰好をしていた島尾さんは「そう、ですね。よく、泣くほう、ですね」と、つっかい、つっかえ、返事をした。

青色の帙の本

「机の上に置いてある漢籍《かんせき》。あれ、武田君が近頃読んどったものですか」書斎の戸が開いていて、廊下から見えたらしい。増田（渉）さんは手洗から戻るなり、そう訊ねられた。

その日は、竹内（好）さんを見舞うために大阪から上京されて、病院の帰りに私の家に立ち寄られたのだった。夫（泰淳）が死んで二ヶ月余り経った師走半ばの午後のことだった。

見せて欲しいな、と増田さんは言われ、もどかし気に手にとると「や。『六臣註文《ろくしんちゅうもん》選《ぜん》』じゃないか……武田君、これ読んでたか……」思いがけなかった、という口調でつぶやかれた。

死ぬ半年ばかり前のこと、「全部で四つある。青色の帙《ちつ》に入ってる。書庫から探してきてくれ」といいつかり、本の名前を紙きれに書いてもらって、離れた場所にある書庫へ私は走って行ったのだ。

「すごーいポルノか何かでしょうか」と畏《かしこ》まって質問すると、増田さんは眼がねを押えながら顔を上げて「ずっと昔のね。実に美しい文章が集めてあるんですよ」と言われた。「そうだ。今日は時間がないが、この次に上京したとき、この本の話しましょう。ちょっと難かしいかな」と、いくらか楽しそうになられた。涙でのどが詰ってしまうから、いましがた会ってきた、死病の床にある竹内さんのことは、口に出さないようにしておられる風だった。

この次の上京、は、三月、竹内さんが亡くなられたときだった。そして、増田さんは斎場で倒れて亡くなられた。

夫がこの本をはじめて勉強したのは、二十代の半ば頃だったらしい。余白に朱筆で書き込まれてある夫の文字は、小虫の肢《あし》みたいに弾みがあって細かい。ときどき、私は青色の帙をほどいてみる。この本には実に美しい文章が書いてあるらしいのだぞ、と眺めるばかりだが。

蔵前夏場所——色川武大さんの横顔

一昨年の五月、『海』の村松〔友視〕さん（今はプロレスの村松さん）から、色川さんが相撲を見ませんかということですが、と電話がかかってきた。色川さんと村松さんと私と娘が、枡席《ますせき》で見物するのだという。這《は》ったって行くぞ、と私は喜んだ。お茶屋の男衆さんのあとを、心細く（こういう伝統ある場所にくると心細い）随《つ》いて行くと、遠くからでも色川さんと村松さんはすぐわかった。アラビアの石油王がおしのびで見物にきたつもりが、もうすっかり、だらだらに散らかってしまったという風体で、色川さんは坐っていた。

「まず、はじめにビール二本、日本酒二本、おつまみ見つくろって」と、色川さんは男衆さんに注文した。茹《ゆ》でそら豆四箱、焼きとり四箱、品川巻四袋、餅菓子四箱、二重弁当四箱、種々おつまみ四箱が、すぐさま運ばれてきた。色川さんはうしろから、手をひっこめ加減に、なるたけ見せないようにして注いで下さるので、蛇口があってそこから自然にすうすうとビールや酒が私のコップに流れ入ってきている風な案配だった。大天井近くまで詰まった、お相撲さん以外の男女、誰も彼もが酔払って、ぐわーんと薄桃色の湯気を立ち昇らせているかのように見えてきた。ひいきのお相撲さん（私の知らない名前）が負けると、色川さんは席を外し（会いに行ったのだと思う）、また戻ってきた。歩き方が自由自在、国技館の主みたいであった。横綱とか大関とかの取組のときは眠っていたらしい。

帰りにお茶屋で貰ったお土産袋には、あん蜜、煎餅、甘納豆、焼きとり、相撲のれんが入っていた。雨上りの国技館の前はタクシーがなかなか拾えなかった。急に大切な用件を思い出したように向き直って「あん蜜は食べない方がいいかもしれない」と色川さんはいった。銀座へ向う車の中で、色川さんは殆《ほと》んど眠っていた。「ついこないだ引越したばかりなのに、もう引越したくなった――」眼が覚めると、そんなことをいって、また眠ってしまった。

村松友視さんのこと――直木賞受賞に寄せて

雑誌『海』に武田が小説を連載することになったときの係が、村松さんだった。二十九歳で独身の村松さんは、私の料理を何でも感心して、よく食べ、よく飲んで下さった。ときどきは朝早くきて、朝食も食べて下さった。風のようにドアをあけて入ってきて、おかしいことを気難しく語り、風のように帰って行った。ちっとも原稿のことなど口にしない。おしまいになる頃、とうとう武田は「村松君。一度でいいから、僕の原稿欲しそうな顔してみてくれないかなあ」と、笑いながら原稿を渡していたが、村松さんは爽やかに笑って、やっぱり欲しそうな顔をしてみせてくれなかった。

途中でやめたがる、休みたがる癖のある武田が、「富士」を二十一回連載する間、一月も休まず、締切りにも遅れなかったのは、村松さんの剛情な魅力のおかげかもしれない。以来、ずっと知り合いである。

私が『海』に文章を出すときも、村松さんが係だった。原稿を読み終った村松さんに「へんじゃない？」と、怖る怖る訊く。「大丈夫」と答えてもらえると、安心した。黙って帰ってしまわれると、いく日もくよくよした。

　去年の正月、吉祥寺の村松さんの家へ、はじめて遊びに行った。家には、髪の毛の長い清艶な美人の範子夫人とトラ猫がいた。私は田舎から上京してきた親類のおばさんのような気持がした。

　村松さんと範子夫人が席を外すと、コタツの中から首や背中をのばし、あっちこっち見回した。鴨居に紫式部の歌らしいものがくずし字で書いてあるのが掛っていた。テレビが三台もあった。一番小さいテレビがコタツの部屋に置いてある。あとの二台は廊下に放ってある。こわれているからだそうであった。村松さんに過激に見潰された代々のテレビなのだな、と、私はガラス障子越しに廊下の二台のテレビを、何度もこっそり眺めていた。

　おめでとう。

思い出すこと

荻窪駅から北へ真直ぐに歩いて行く。途中に八幡様だかのお社《やしろ》があった。お社を過ぎれば、あと少しで矢牧〔一宏〕さんの家だった。戦争に敗けて二、三年経つか経たないかの頃である。空襲で焼けなかった矢牧さんの家へ遊びに行くのが私は好きだった。いつもいいお天気の日の昼間だったような気がする。

旧制高校を中退してヒマそうな矢牧さんは、象牙のようなツヤの青白い顔をして、癇癪《かんしゃく》持ちの若殿みたいで、明るい広々した二階座敷を占有していた。イッコちゃん、と尻上りに小さな声をかけ、おかあさんは階段の踊り場にお茶や御馳走のお膳を置いて行かれた。正月の元旦か二日に、もう遊びに行ってしまったことがあった。おかあさんはいつものように、ひっそりと声だけかけられて、障子の外に何か置いて行かれた。蒔絵《まきえ》の立派なお屠蘇《とそ》道具一式と三ツ重ねのお重詰だった。海軍少将だか中将であられたおとうさんの咳が階下から聞えてくることがあったが、お目にかかったことはなかった。

世代の同人に加わることになった八木（柊一郎）さんにつれられて行ったのが、矢牧さんと知り合いになるはじまりだったけれど、はじめて会ったのがどこでだったか、どんな風だったか、忘れてしまった。ただ、すぐ、ずっと前からの友達のように親しくなったように思う。二階座敷に「世代」の仲間の人たちがきていることもあって、次第にその人たちとも知り合いになった。「世代」編集部が使っている駿河台の目黒書店の小部屋にも遊びに行った。世代の人たちが夢中になってしている政治や芸術の話を、みんなマセていて頭がいいんだなあ、と聞いていることもあった。聞いていたのではなく、声を出しているあの人やこの人の顔を、味噌っかすの私が、ぽかんと眺めていたのだ。一億総闇屋の感があった頃で、世代の人たちの中にも学生服のポケットの中に、ズルチンやサッカリンなどの見本を忍ばせてくる人があって、夢中の話の前後に、放出物資闇ルートの情報交換をやったりしていた。

矢牧さんは、私には文芸の話はせず、耳寄りな闇の話をいろいろしてくれた。それで、玉チョコを仕入れて行商することが出来た。中味はぶどう糖、表皮を進駐軍のハーシーチョコレートの粉でくるんだ玉チョコの製造元は浅草田原町で、何でも矢牧さんの遠い親戚にあたるおじさんの家だとかいうことであった。アイスクリームも売ることが出来た。禁制品であったから、クリームというとつかまるので、アイスクリン、といって売り歩いた。大分あとになってからのことだが——高級風ビスケットも売ることが出来た。このビスケットは武田にも売ったことがある。

武田と結婚して天沼《あまぬま》に引越したら、矢牧さんの家が思いがけない近さだった。生け垣の続く狭い横道を走って、よく金槌や電話を借りに行った。私が出先から戻ると二階から笑い声がしている。矢牧さんと武田がぶどう割り焼酎を飲んで、留置場の話なんかしているのだった。

娘が生れたら、早速見にやってきた。赤ん坊の枕元に、とんび足をしてぼんやりと坐っている私を、つくづくと眺めたあげくに苦笑し、「君はもうダメになったね」と、にべもなく言ったので、私は顔のまん中をいきなりぶたれたようで、実にくやしく思った。

間もなく私は片瀬江の島に引越し、それからずっと顔を合わす機会がなかったけれど、乾物屋で「ヤマキの花鰹」というのをみかけると、矢牧さんを思い出していた。

出版業界で奇名勇名をとどろかせはじめた矢牧さんの噂が、その頃からときどき耳に入ってきた。

「……私が戦後、小説家の卵になりかかっていた頃、知り合いになった文学青年仲間、矢牧一宏さんが私のためにこの一冊の本をつくりあげてくれた。……彼のあまりの熱心さと好意にほだされて、ついにまたしても、私の中国ものが生まれることになった。彼に対する限りない感謝の念とともに……」昭和四十二年五月三十日の日附で、『揚子江のほとり』のあとがきに武田が書いている。その年の前半は冬から夏にかけて、天沼以来、十数年ぶりの矢牧さんが、何度かわが家を訪れた。仕事の打合せが済むと、三人でひとしきりお酒を飲んだ。少し頭の毛が薄くなってはいたけれど、象牙のようなツヤの皮膚と、白眼の部分が時計の文字盤みたいに真白な特徴のある眼は、若い時分と変っていなかった。何の話からだったか、うっすらと笑いながら、「夜中に眼を覚ましたときなんか、はっと気がつき、あらためてうつ伏せになってから眠ります」などと言うので、女に恨まれるドラマチックな生活をしてるのかな、と私は想像した。

綿密で的確で迅速で、矢牧さんの仕事ぶりは眼をみはるように鮮やかだった。矢牧さんが帰ったあと、武田は歎息して「あれだけの才能を、垂れ流しみたいに使っちまっちゃ、勿体ないなあ」と言うのだった。

昭和四十九年の末だったか、五十年に入ってからのことだったか。脳血栓を患ったあとの武田が、私の口述筆記で「目まいのする散歩」を雑誌に連載しているときだった。夜、新宿で矢牧さんにばったり出くわした。久しぶりに矢牧さんとしゃべっているうちに、ここずっと一人で心の中で考えていることを口に出して訊いてみたくなった。「小説の口述筆記を女房がするなんて、ほんとはよくないことだろうねえ」矢牧さんは首をたて直し、天の一角を睨《にら》み上げ、一寸考えてから言った。「あれは、花ちゃん（娘）とあなたにあてた泰淳さんの遺言だと思うよ」私は何だかさっぱりと気が落ちついて、その後も口述筆記に励んだ。

五十一年の秋に武田が死んで、数ケ月ほど経った頃、矢牧さんと三津子さんが私を招待してくれた。麴町のホテルの食堂で夕食を御馳走になった。「富士の山荘はどんな事情があったって人に貸したりしちゃダメだよ。泰淳さんが暮してたまんまにして置くべきだ。廃屋廃園にすべきだ」矢牧さんはだしぬけに、それが癖、――天の一角を睨み上げる眼つきをして言った。その、いやに腹立たし気な調子にひき込まれた私は、事情がまだ何も発生していないのに、「うん」と、深刻な気持になって肯いた。

その晩は、三人で新宿へまわった。機嫌よく飲んで遊んでいたら、隣にいた中年男が仲間に入ってきた。はじめのうちはどうということもなかったのだが、その男が自分の家庭と子供の人数について、得々と人生論風にしゃべり出すや否や、それまで穏やかにしていた矢牧さんが、天敵に遭遇したかのように、みるみる青白いこめかみをひきつらせ、「赤ん坊なんてものはだね。みーんなロッカーに押し込んじまえばいいんだッ」と、歯がみしながら声を震わせて叫んだ。

ロッカーベビー殺人事件が、東京のあちらこちらで立て続けに起っていたときで、薄暗い向うの隅にいた客が二人、顔をねじ向け、矢牧さんの首すじあたりに、ギラギラ光る眼を、じいっと据えている。地味な背広をきちんと着た、実直そうな会社員風の人たちだったから、却《かえっ》て怖《おそろ》しかった。あんな凶暴な眼つき、めったに見たことがない。

「いまにきっと袋叩きにされて、手足ボキボキの目に遭うよ。死んでしまうよ」通りに出てからそう言うと、「こないだ前歯を折ったばかりさ」暗い地面を、ふらつく長い脚で踏んばりながら、矢牧さんは前のめりになって薄く笑っていた。

　去年の十月半ば、一度めの入院中に、いいだ（もも）さんと本田（喜恵）さんと落ち合って見舞に行った。矢牧さんは寝台の上に、背すじをのばして端然と坐っていた。「もうじき退院だ。退院したら、日本飛行機界の草分け、滋野〔清武〕男爵のことを書きたい」と、愉しそうに語った。滋野男爵に縁のある屋敷がすぐ近くにあった……という少年の時分の思い出話の中に武林《たけばやし》無《む》想庵《そうあん》の名前が出てきたので、「うちには『むさうあん物語』という自伝三十冊本があって、それは、いいださんにあげる約束になってるけど、まだあげてない」と言うと、「ふうん。……そんな本が出てるのか……知らなかったなあ」と、顎をひき、天井の一角を睨んで、くやしそうな顔をした。

　三津子さんが洋菓子の箱をひらき、一個ずつ、寝台のまわりに腰かけている私たちに配り、矢牧さんは寝台の上で、三津子さんは私たちより一段と低い小さな簡便椅子に腰かけて、皆で食べた。矢牧さんは節の長い指を動かして、ぱくぱくと、すぐに食べてしまった。一番早かった。私の眼には元気そうに見えた。退院したら禁酒禁煙、しっかりと洋菓子や御飯を食べて、滋野男爵のことを書くのだ。きっと、どんどん書けてしまうだろう。そう思った。

矢牧が昏睡状態に陥って再入院した。今度はもうダメだな。黙っていたけれど、本当は肝臓ガンなのだ、といいださんから電話があったとき、私はテレビの深夜映画で『ロング・グッドバイ』を見ていた。電話が終って、まとまりのない気持のまま、テレビの続きを見ていると、私立探偵フィリップ・マーロウが、昇って行くエレベーターの中で、行方をくらました古い友達からの手紙の封を切って読みはじめた。ロンググッドバイ、探さないでくれ、——そういう書き出しの手紙。そこまで見たら、映画の筋といましがた聞いた電話が一緒くたになって、急に涙が湧いた。

お通夜の晩は、黒い洋服を着て集まった昔からの友人たちが、お通夜が終っても帰らずに、蜿蜒《えんえん》とお酒を飲んだ。

「横浜の南京町で、矢牧が背広の上衣を売って酒を奢《おご》ってくれたね」二十何年ぶりに会った八木さんが言った。玉チョコの行商をしていた頃、商売かたがた三人で南京町まで出かけたのだ。路ばたのあちこちで開かれているルーレット式の簡単な賭博に人だかりがしていた。白米（銀米といった）やアルコール類、そのほかの禁制品が自由自在に流通し、低い軒先から揚油の煮立つ匂いが漂い出ていた。金がなかったが、ここでどうしても遊んでいたかった。矢牧さんが青い色の背広の上衣をぱっと脱いで売った。私は、当時どこにもなかった本格的な車海老の天丼を光り輝やく思いで食べた。あのときは酒じゃなくて天丼を奢って貰ったのだ、と言うと、「そうかな。酒じゃなかったかな」と、八木さんは言った。

亡くなる前の幾日間か、昏睡から覚めた矢牧さんは、驚くほど明晰な意識を取り戻し、縷々《るる》と語って止まなかったそうだ。三津子さんが隣りにきて、そう語った。

「そのときに、こんなことも言ってました。『むさうあん物語をいいだが貰ったら、ぼくはすぐに借りて全部コピーするんだ』って」

悲しいような、たのしいような（こんなときに、こんな言葉を使ってはいけないと思うけれど）、さっきから妙に上ずった気持でいた私は、しんとした静かなものに襲われて、少し笑った顔のまんま、どんどん真面目に、きりもなく真面目な気持になっていった。

お湯

一日中、ほとんど家に籠って、本を読んだり、原稿用紙に向って咳払いなどしたりしていた夫が、寝ついたと思ったら半月余りで死んでしまったので、初七日、二七日、三七日と、そのことを順々に確かめてゆきながらも、家の中を見まわすと机や座布団やハンコはあるのに、持主だけ虚空へかき消えてしまったことが、何ともわりきれなくて、当分の間はキョトンとした心持だった。畳に虫が這ったり陽があたってきたりするのを、キョトンとした心持で見ていると、不意に涙が出てきて、やっぱり悲しいだけだあ、と思う。そんなときは、お風呂にそそくさと入った。丸まってお湯に浸《つか》り、ケッと泣いた。

朝浸る。昼浸る。夕方浸る。夜と夜中に浸る。今日、お悔みの電話をかけてくれた親切な誰彼のことを、その人が男であれば（丈夫だなあ。何故死なないのだろう）と、女であれば、（あの人のつれあいだって、いまに死ぬぞ）と、湯舟の中で思ったりなどもする。

だらだらと回数が増えてきた。脱ぎすてたものを身につけてゆき、一番外がわのエプロンまでかけ終ったとたんに、もうお湯に浸りたくなり、再びエプロンを外し、靴下を脱ぐ。

とうとう、うちのお風呂だけでは物足りなくなり、電話帳を繰《く》っては、渋谷、目黒、麻布、巣鴨と、料金の安いサウナを、せっせと試し回った末、東京駅構内の地下にあるサウナ浴場が気に入った。

お昼前にここにやってくるのは、大方が水商売のおねえさんたちだった。私などサウナ部屋の中ではくらくらになって、字など読むどころではないのに、おねえさんたちは至極丈夫だ。二日酔の体から塩と脂をしぼり出しながら、持ち込んだ女性週刊誌やマンガ本（規則では飲食物雑誌類持ち込み禁止なのだ）を読み耽り、読み飽きると何故だかお尻に敷き、今度は蜜柑などむいて、やったりとったりする。コーヒーまで飲む。単行本専門の人もいて、遠藤周作著の細かい字の本を読んでいる。水風呂とサウナ部屋をひとしきり出たり入ったり繰り返したあとは、脱衣場の板の間に手拭一枚の裸で寝そべり、自動販売機の缶ビールを飲みながら、灰皿をひきよせて煙草をふかす。昨日易者にいわれた男運について、きっと買わずにはおかぬ四十万円のワニハンドバッグについて、お互いにつっけんどんな調子で、しかものんびりとしゃべっている。

　毎日か隔日、私は洗面道具を抱えて東京駅行のバスに、いそいそと乗った。年中無休であったから、大晦日にも元旦にも行った。元旦はひっそりしていた。掃除のおばさんが、丁重な新年の挨拶をするので、喪中ではないような顔をして私も挨拶した。サウナ部屋に先客が二人いた。汽車で田舎からいま駅に着いた母娘らしかった。怖《こ》わ怖《ご》わ、隅の方にくっつき合って腰かけていた。ごろんごろんごろんと大きなものが転がって遠ざかる音が、頭の真上でしていることに、はじめて気がついた。汽車の音だとすぐわかった。

　未亡人になりたての、六年前のあのひと頃は、体力がおちた分だけ、気分をやたらと昂揚させて暮していたのだと思う。昂揚しっ放しだった。一足ちがいでバスに乗り遅れると、次の山王下バス停まで、洗面道具をふりたくり、髪ふり乱して追い駈け、追いついて乗った。知人や友人にねんごろにいたわられると鬱陶《うっとう》しく、あたりかまわぬ気迫に充ちたおねえさんたちに混っていると心地よかった。

夏の終り

九月×日　懐中電灯を提げてO家へ行く。O家の右の林の中の家も、左の林の中の家も灯りがない。O家だけ、台所の四角い小窓から灯りが洩れている。

奥様は、何か口に入れたものを飲み込みながら玄関に出てこられた。コードを低くおろした蜜柑色の電灯の下で、Oさんと奥様が向い合って食事中だった。小さな皿二枚と中皿一枚の食卓。

「明日、東京へ帰りますので御挨拶に」「わたしたちも明日帰ります。いま有り合せで食べていたところ」「わたしも納豆だけで済ませてきました」

暖かそうな赤いカーデガンを羽織ったOさんは、珍しい酒飲まそうか、と言われる。富士吉田の菓子屋が自家製自家用の酒をわけてくれたのだそうだ。コケモモの酒。秋、富士山の五合目辺りまで上って摘んできた実を漬けて作るのである。私は体をこわして此の夏は禁酒していたのだけれど、赤い実の浮いた赤い酒をコップに一杯、すーっと飲んだ。

　これも、これも、と着ているシャツとパジャマとカーデガンをひっぱって「明日みんなひっくるめて下の町の洗濯屋に出して、来年の夏のはじめにとりに行くんだ」Oさんは機嫌よさそうに言われる。去年もそうしたそうである。夏のはじめ、とりに行くと「一年経つのは早いですねえ」と、しんみり言いながら、渡してくれるのだそうである。

　Oさんは私の懐中電灯に気がついてほめた。夫が生きている頃、ここはよく雷が落ちて停電になるから、停電中でも原稿が書けるようにと、富士吉田で特別明るいのを買ったのだ。「武田は死ぬ前まで、仕事をよくしたなあ。俺もこういうの買おう。来年来たときに買おう」奥様は、来年もコケモモのお酒を貰ったら、来年は氷屋さんで使う柄の長いアルミの柄杓《ひしゃく》を買いたい、と言われた。

　夜露のおりた真暗な道は、そっと歩いても、じくじくと虫の鳴くような音がする。富士山が眼の前に真黒にそそり立っている。送ってこられた奥様に「今日はすごい夕焼でしたね。血の玉のようなお陽様が、――」と、思い出して言うと「わたしは富士山が桃色になったのを一寸見ただけ、西の方は見ないで家の中に入ってしまったから」と言われた。夏なんてすぐ終りますね。一年なんてすぐ経ちますね。また来年までお元気で。そう言い合って、おじぎをした。真暗闇のこの道で、去年も一昨年も同じことをしたように思う。

九月×日　朝、台所の扉をあけると、コンクリートの張り出しに、おびただしい蟻の死骸があった。昨日の朝は、黒いつやつやした胴体に陽を浴びて、一心不乱に肢を動かし、瞬時も休まず右往左往していたのである。それがそのまま死んでいる。

隣りの会社寮の管理人のAさんが、裏庭の浄化槽の前に佇ずんで茫然としている。いま気がついたのだが、糞尿がこなれない形で溢れ、林の中へ幅広く流れ出しているのだそうだ。「この四、五日、ずっと女の子ばかり三十人ぐらい泊り続けたからなあ」と呟やく。

「いまの若い人はどういうのかねえ。勝手でねえ。涼しいわ涼しいわって嬉しがるのは結構だけど、あっちでもAさん、こっちでもAさんで、こき使われてくたびれちゃった。いつまで山に居られます？　今日お閉めになる？　奥さんとこが帰られると、どっとさみしくなるねえ。わたしゃ、つくづく疲れましたよ。お宅の旦那さんがお元気な時分から、こうしてますから。かれこれ十年だもの。来年はもうお目にかかれないかもしれないねえ」Aさんは去年も同じようなことを言った。Aさんは七十三だか四だかになるそうだ。夫も生きていれば、そのくらいになる。Oさんは三つか四つ上だろうか。

寺同士の付合いのある大磯鴫立《しぎたつ》庵の坊様が俳句をよくする人で、その人の手ほどきをうけてからだとかいう。目黒長泉院住職である武田の父と母が俳句作りをはじめ、深川の寺の叔母（母の妹）や従兄も作り、弟子筋の横須賀や茅ヶ崎の寺の住職や夫人も作り、一時期、やたらと法類や親類の寺々に俳句作りが流行した。鴫立庵の坊様が独身僧で、住職夫人の間に人気が高かったせいもある。五十年昔、二・二六事件のあった頃のことである。

昭和六年、十九歳のとき、左翼運動で何度か留置場に入れられ、大学を中退した武田は、翌年幼名覺《さとる》を泰淳と改名、頭を剃って行をうけ、僧の資格をとった。父の代理として檀家や近隣の家へ読経に赴き、包まれたお布施を頂き、父とともに薪わりや畑仕事に精を出していた。寺には父母兄妹のほか、いく人かのお所化《しょけ》さん（弟子僧）がいた。四つほど年のちがう兄は大学の水産学科の学生だった。

水車小屋と小川の絵が表紙に刷ってある、とう写版刷り二十数ページ、藁半紙の俳句同人誌一号が、昭和十二年一月一日に発行された。「草屋」という誌名である。

一号の巻頭には厳かに宣言されている。

一「草屋」は同族、親類の句集である。

一「草屋」は老年から少年まで年齢順に十句づつの句をおさめる。

一「草屋」は人生のやうに一つの主張をもつにはあまりに複雑である。

親類同族ばかりでやっているのに、こんなことわざわざとりきめなくたっていいのに——編集発行人の名は武田の従兄になっているが、ひょっとすると武田が先に立って、とりきめを言い張ったのかもしれない。そうだったとしたら、はずかしい。従兄は武田と同年配ながら、書道の先生も出来るような、明るい器用人だったらしい。叔母の一人息子である。

障子張りて　ただ春を待つ山の寺　空方

空方とは父の俳号。体が大きく肥っている父が、ところかまわず、おならをおとす自分に名づけたのだそうだ。虚空といった言葉なども好きであったにはちがいない。うまく作ってやろうという息苦しい気持のない父は、ずらずらどんどん、家計簿か日記をつけるように作っている。

五十年の幸暮れんとす　冬空に　都留女

母（つる）の句。父とは逆に、人を感服させたいと始終思っているような、派手好きで不平不満の多い美女であった母には、美女故の素直なのんきさもあって、年の暮れに、こんな句をよんでいる。はじめて私が会ったとき、母は七十に近かったけれど、九条武子夫人そっくりだった。

冬の灯にビフテキ厚く血のにじむ　嘉命女

叔母（かめ）の句。若くして未亡人となり、一人息子を抱えて寺を守ってきた叔母さんは、一をきいて十を悟る機敏と落ちつきのある賢こい人だった。愚痴をこぼすのを聞いたことがない、と誰もがいう。叔母さんは観劇やシャンデリヤやメロンなど、ハイカラな豪勢なものを入れた句を作る。ときには、ビフテキを食べなくても、ビフテキの句を気張って作ってしまったのかもしれない。

ドブに落ち枯木浮かざる街に住む　沙通

幼名覺《さとる》をもじった武田の俳号。生意気な子供が作ったという感じがある。作ってから、どうじゃ、とあたりを見回している感じがある。何となく子供っぽいように思う。一号だから張り切りすぎたのかもしれない。「枯木君師走の塵の味よきや？」というのもある。（私ははずかしい。）

桜島の裾へしみ入る冬の川　まゆり

　二つちがいの妹真百合さんは、この年の前年ごろ、埼玉県の寺に嫁入りし、僧侶兼歴史教師である夫の勤務地鹿児島の新世帯から投稿している。真百合さんの夫も、編集発行人の、おそらくしつこいほどの熱意に、仕方なく投稿している。

　二号から編集発行人は武田に代り、一号にはなかった編集後記がつく。

●第一号と比べると顔ぶれは著しく変化した。年齢順にならべた事は変りないが、新しく銀行、実験場、学校などからの句が加った。逐号各方面から玉稿を頂戴して愈々《いよいよ》盛大にしたい。

●更に「草屋」の同族の作風も変化しつつある。今後も草屋はカメレオンの如く変化するかもしれない。混乱し変化する雑然たる句集こそ電子にも似て自由に存在しうる。

　初代以上のしつこさで、親類縁者及びその配偶者、その仲人、気の弱そうな自分の友人にまで、投稿を要請している。「生みの親探す気もなき蛙の子」と、一生懸命になって作って投稿した親類縁者の田舎の坊様は、自分のだけでは少なくて申しわけないと思ってか、檀家の老人や近所の米屋などにも作らせて投稿させている。

フラスコに海老の脚浮く冬の昼　魚棚子

兄は大学を卒業して海岸の実験場に勤めていた。結婚したばかりであった。嫂《あによめ》は当時を思い出して言う。「そういえば、あの頃、嫂《ねえ》さんも俳句作って投稿してくれなくちゃって、覚さんにずいぶん言われて、いやだから逃げてまわって小さくなってた。そんなこと、実家じゃしたことないですもの」

山神の怒る叫びぞ猛吹雪　雪嶺
救援の力もむなし猛吹雪　同

スキーが趣味の初代編集発行人従兄の句。迫力があるようで、全く迫力がない句だ。こういうのは、はっきり下手だなあ、と私にもわかる。武田とは仲のよい遊び友達で、リンデンスキークラブという同好会をこしらえていた。五、六人の会員のほとんどが坊様なので、リンデンと名づけたのだそうだ。

テント垂れてテント落ちたり古桜　沙通

こういうのは、うまいのだか下手なのだか、さっぱりわからない。「ブランコはトコロテンよりよく揺れる」というのもある。素直なようでもあり、ひねったようになっている。わざと、そういうのを作るのだろうか。

日盛りや蜥蜴《とかげ》ふりむく脊《せ》の光り　まゆり

隣家には蚊帳たたむ音ひそかなり　同

真百合さんの句は、毎号ぬきんでて光っている。こけ威《おど》しのところがなく、ひっそり、ふっくらしている。

敗戦間近な頃、二人の幼児を残して真百合さんは若死にした。

「男に生れていたら、兄貴も俺もかなわなかったろうな」、そう武田が話していた。

長泉院のこたつのある部屋には、娘時代の真百合さんが縫いとりした藤の花と鳥の日本刺繍の額や、誰に教わったのでもなく、一人で考え、木を削り布を染め紙を煮てこしらえた歌舞伎十八番豆人形が、いくつか飾られてあった。マッチの頭ほどもない小さな白いだけの顔をつけた、指先ぐらいの人形なのに、一つ一つ異なった風情が漂っていた。

七月末に発行された四号で「草屋」はお終いになる。十月、赤紙がきた武田は、日の丸の旗を背景に、輪《わ》げさをかけた僧服姿で出征記念の写真を撮った。兄と親類縁者の男たちが、九段の近衛連隊の、黒い乳鋲《ちびょう》を打った城門の前まで見送って行った。

しばらくあとから応召した従兄は戦病死した。従兄のお嫁さんも同じ頃に病没した。真百合さんの夫が敗戦後まもなくの頃、事故死したが、少し経って、父も肺炎で死んだ。

「草屋」四冊は、昭和三十年前後、私たち一家が寺に入って母と暮していた頃、風呂場の脇の納戸で見つけ、私が母から貰った。たまに虫干しかたがたひろげては、五十年昔の東京の寺に住んでいた人たちの、招んだり招ばれたり、配ったり配られたりしているような、のどかな暮しぶりを、かいま見る。

心身に烈しい癇癪《かんしゃく》と鬱積《うっせき》したものを持ち抱え、寺の二階に一人こもって勉強するときは、中国文学者となろうか、僧侶となってめとらずに、生涯を大蔵経を読んで送ろうか、と、小作りな坊主頭が痛んでわれそうになるまで悩んでいた人も階下におりてきたときは、父母の前でやさしい気持になった。どれ、景色でも見てやるかな、と思って景色を見、少し子供っぽい俳句を熱心に作った。

菓子喰ひてやや喜びし冬の象　　沙通

長篇怪奇冒険譚『世界黒色陰謀物語』を二十一歳のときに書き、はじめて活字になった。そのときの筆名は狐塚牛太郎である。蛇以外の動物は、たいてい好きであった。「草屋」にのっている武田の俳句のなかでは、動物をよんだ句が好きだ。ことにこの句が好きだ。

そういえば、晩年、私の様子を、トラのように喰う、トラのように吠えたてる、トラのように咬みつく、と笑って「おい。トラ」とよんだ。そして「俺は、象さ」と言った。西へ向って歩いて行く象の足もとで、何もわからないトラがせかせかと足のまわりにじゃれつき、吠えまくっていたのである。

やや喜びし冬の象。——うんとは喜ばなかったのだな、と思う。

灰皿と猫枕

この灰皿は、主人の勉強机の上に、常時、置いてありました。主人は、ピースの青い丸缶を服の上着のポケットにつっこんでいるほどの、たいへんな煙草《たばこ》のみでしたから、吸いがらで盛り上ったその上に、また吸いがらをねじりさして、山あらしの背中状になった灰皿を、一日に何度も台所で洗いました。主人はまた、つばきや痰《たん》の多い人で、それらもこの中にしましたから、洗うさいの感触はとくべつでした。そのことは自分でわかっているらしく、私以外の人に洗ってもらうのを、大へん遠慮しました。派出婦のおばさんとか、来合せていた兄嫁などが、灰皿をさわろうものなら、狼狽《ろうばい》した声をあげて私を呼びつけました。

敗戦後、父母の住む寺に中国から引揚げてきた主人は、寺の二階で小説を書きはじめました。そのときから、原稿用紙の斜め右上に置いて使っていました。まもなく私と所帯を持つと、本と勉強机と本箱と灰皿を、自分の持物として寺から運び出してき

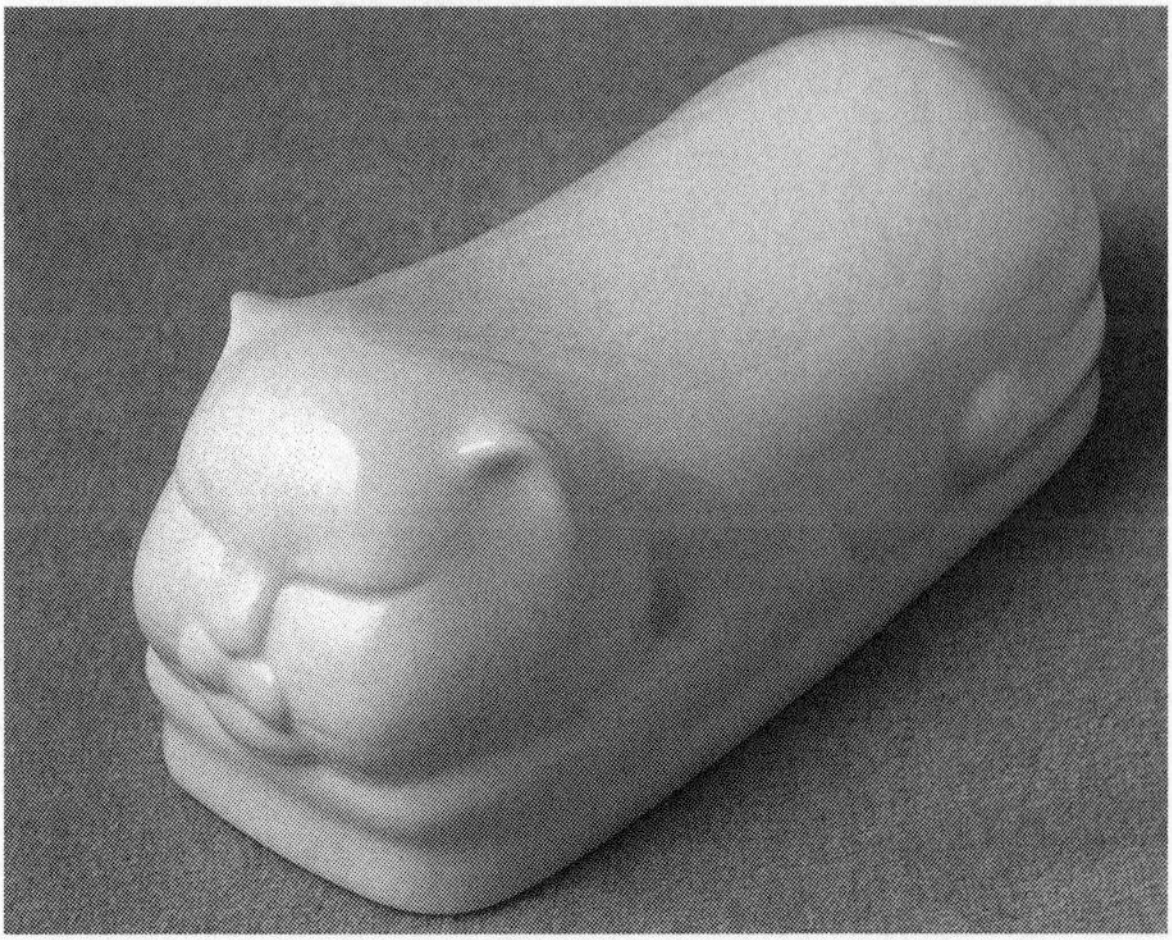

ました。以来、引越しを重ねる間に、わが家の家財道具は、こわれたり、紛失したり、新しく買い足したりしながら、次第に増え、家の中の様子も変りましたが、本と勉強机と本箱と灰皿は丈夫で変りがありませんでした。

九年前の秋、主人がひどくだるさを訴えるので、医者の往診をたのみました。診察を済ませた医者は、表に送って出た私に、手術不可能の死病だと言いました。家へ戻って二階に上ってみると、主人はもう起きて、明るい電灯をつけ、勉強机の前にいつものように坐り、片膝立てて、おいしそうに煙草をふかしていました。そして、毛沢東の話などして愉快そうに笑ったり、灰皿をひきよせては、泡のつばきを丸く落したりしていました。その晩、台所で灰皿を洗ったときの気持を、ふっと思い出すことがあります。

いまは客間に置いてあります。

こういう模様の灰皿、ぼくの田舎の親の家にもありました。なつかしいな。そうですよね。昔はどこの家にもありましたよね。コップなんかも、この模様のが。子供の時分、お中元にきたシロップやカルピスは、この模様のコップに冷たい井戸水を汲んで、ひとたらし垂らしてくれるのを飲みました。——来た人とそんな話をします。

この陶枕は、一昨年、浅草の蚤の市の古道具屋で買いました。ほこりまみれの古レコードや香港フラワー、福沢諭吉の教訓が印刷してある額や牛の置物などの間にありました。私は、お社のこま犬も肥満体で口をつむっているのが好きです。デブ猫がむっとしたまま眠ってしまっている恰好が気に入りました。中国製の枕だから、と古道具屋はウーロン茶も一袋、おまけにつけてくれました。去年の夏は猛暑でしたから背中のはしにあいている孔から冷たい水を入れ、ずいぶん愛用しました。この猫、どこかで見たような顔、と思いながら、思い当らないでいたのですが、最近、私の娘に似ているのだと気がつきました。

アメリカ人の手紙

昭和五十一年九月初め、富士の山小屋で過していた夫あてに、付箋が何枚も貼られたニューヨークからの航空便が届いた。大学院で中国現代文学を研究しているアメリカ人の男からであった。——支那事変、太平洋戦争中に活躍していた中国作家に関する論文を書いている。論文の一部で、日本人が中国作家の間に日本びいきの文学をどのように促進したかについて論じたいので、知っている限りの日本語の資料を集めたけれど、何の端緒《たんしょ》も得られなかった。あなたの『異形の者』『ひかりごけ』を読み、ひきつづき「中国文学」などで戦争中発表された論文を読み、自分の研究問題について文通して教えを乞いたいと思い立った——。前置きにはざっとこのようなことが（原文はもっと丁重な）日本文で書かれてあった。質問のくだりは原文のままひき写す。

『㈠、太平洋戦争以前は中国に滞在していた日本人の中には劇団や映画や新聞などを利用して日本びいきの宣伝を行なった人がいましたが、これは専ら、その地方の軍人や一般市民によって考案されたのでしょうか。或いは日本にある中央当局にも管理されたのでしょうか。㈡、私が今まで読んだ中国の文学雑誌に載っている小説、詩、小品文の中、日本びいきの宣伝用の作品は極めて少ないことに気がつきました。これは雑誌の多くが日本人の所有であり、或いは管理されていたことや、中国作家が日本人によって組合に組織されていたことや、日本びいきの宣伝作品には経済的な援助があったことや、大東亜文学者大会などが中国作家をして宣伝の価値ある作品を発表するように促進したりした、ということなどを考えますと不思議に思われます。もしも日本人や傀儡《かいらい》政府が中国作家を日本びいきの宣伝向きの映画や劇や文章の発表に採用したり強制出来たのなら、どのような理由で中国作家や編集者に宣伝向きの小説や詩や小品文を書かせたり編集させたりを強制出来なかったのでしょうか。㈢、この時代に関する思い出や御意見や御提議がございましたらお聞かせ下さい。御自由に論じて下されば充分でございます』

　論文を仕上げるため奨学金をうけ、日本にも資料集めに行く予定である。練習する機会がないので日本語を話す力が弱いが、もし面会が叶えられれば嬉しい。日本滞在は十月下旬或いは十一月初旬だが、面会出来る日時を知らせて頂けるとありがたい。

それによって日本訪問の予定を組みたいと考えていることなどが、終りに書いてあった。そして、コンラッドの小説が好きだとつけ加えてあった。

翌朝、夫は私に返事の手紙を口述筆記させた。

『私の住所が渋谷区氷川町となっていましたので御手紙は大変遅れて私のところに到着しました。正しい住所は港区赤坂×××です。次に御手紙下さるときはそのようにあらためて下さい。私は十月の下旬から十一月の初旬にかけて東京の自宅に居りますので、いつでもおめにかかれます。東京に来られたらすぐ電話を下さい。電話は583×××です。あなたの研究なさっているテーマは私にとっても大変興味あるものので、もしおめにかかれれば必ずやお役にたてると信じます。日本政府並びに民間文化人は戦争中、中国の文化人に殆ど働きかけることが出来ず、抗戦地区では、ことに耳をかしませんでしたが、日本人の主張が、全く無意味で馬鹿馬鹿しいものであり、かつ、日本側の努力は資金の面ですこぶる貧弱、殆どゼロだったからです。くわしいことはおめにかかった上で申上げます。私も英語は弱いですが、日本語と中国語と英語をまじえれば、お互いに話は通じると思います。九月四日　武田泰淳』

数年前に軽い脳血栓を患ってからは、以前にもまして口重になり、初対面の人には会いたがらなくなっていた夫にしては珍しいことだった。そして、もう一通写しをとって手許に保存しておけ、と言った。いそいそとして嬉しそうだった。

九日には風雨の中を東京へ帰った。十四日は裏隣の氷川神社の祭礼だった。だるいから俺は行かない、行ってきていい、と留守番していた。十六日は、夕方から谷崎賞詮衡《せんこう》委員会だった。出席する、と朝のうちは言っていたが、おひる過ぎになって「やっぱりやめておく」と言った。どこも痛くも苦しくもない、ただ足がふらふらするだけ、と長椅子にねころんでいた。その晩、往診を頼んだ医者から、恐らく手術不可能の悪性腫瘍であることを私は聞かされた。二十二日に入院し、十月五日に永眠した。その二週間は、黒い巨《おお》きな塊りが真向から徐々に近づいてくるのを、開きっ放しの眼で見つめているような毎日で、アメリカ人のことは忘れてしまっていた。一度だけ或る晩遅く、便所の隣の誰もいない屎尿《しにょう》置場（検査に回す患者の屎尿が置いてある）に入って、赤濁りした夫の腹水を入れた硝子の甕《かめ》を見ていたとき、ふとアメリカ人のことを思い出した。でもすぐ忘れてしまったのだ。

十月下旬になって、夜、電話がかかってきた。アメリカ人からだった。娘が出て上手くない英語を一言二言しゃべっただけで電話は終った。ニューヨークからきた、夕イジュンさんに会いたい、と言ってるらしかったから、私の父は死にましたと言うと、悲鳴みたいな声が上って、あとはものすごい早口で叫びまくりながら電話を向うから切ってしまった。何を言ってるのだか分らなかった、と娘は言った。日本人てヘンだなあ急に死ぬんだなあ、と驚いたのだと私は想像した。私は父を殺しました。「……あれ？　わたし、もしかしたら英語を間違えてしゃべったかな。私は父を殺しました、と言ったのかもしれない……」しばらく考えていた風の娘が、そう呟いた。それきり電話はかかってこなかった。

アメリカ人の手紙と返事の写し書きは一緒にして仏壇の下の戸棚の奥にしまってあって、ごくたまにだけれど何かの拍子に私は見る。見ると、病院の屎尿置場でぼんやりと赤い水を眺めていた晩が浮んでくる。私の夫は死にました、私は夫を殺しました、頭の中で呟《つぶや》いてみる。

日々雑記 十一月

ある日。

H（娘）が隣りの茶の間から、あ、おかあさん、たいへんなことが起りました、と襖越しに静かな声で言うのを、朝、ふとんの中で聞いた。襖をあけると、Hが新聞をひろげて、しゃがんだ恰好で見ていた。「ここ。ここ」人さし指で押えたところに、島尾という太い活字と、島尾敏雄さんの困ったような顔に撮れている笑顔の写真があった。

こんな風に、新聞の訃報で眼をさましたのは三度目だ。一度目はマリリン・モンロー、二度目はケネディー。一度目と二度目は、夫が枕元へきて低い小声で起した。どんな日も夫は私より早起きだった。夜中に起き出して朝御飯まで、原稿用紙をひろげた机に向ってじーっと坐っているのだから。

百合子百合子、マリリン・モンローが死んだよ。ケネディーが死んだよ。

ケネディーのときは、嘘ばっかり、とひっかぶってしまったふとんをめくり、本当だよと新聞を見せた。マリリン・モンローのときは夏の盛りで信州の山奥の湯治場に逗留《とうりゅう》していた。秋になり東京の家へ帰ると、深沢七郎さんがふらりとやってきた。当時、小説『風流夢譚』で右翼にいいがかりをつけられ、住所不定となって暮していた深沢さんは、一ヶ月に一度か二度、気が向くとどこからかやってきた。「こないだ、マリリン・モンローが死にましたねえ。あの人は腕なんか綺麗だったねえ。腕だけ写真でちらっと見てもはっとしたね。モンローだってことすぐわかった。ほかの女とはどこかちがった出来だった。でも綺麗な女は綺麗なうちに死んだ方がいいですねえ。ブリジット・バルドオなんかも婆あになるまで生きてられちゃがっかりだ。モンローが死んだとき、生きてるってことは人の死んだ知らせを聞くことだって思いましたねえ」鰻重とって食べようと夫が言っても、食べたくないと言い、あれもいらない、これも結構、とお茶だけ何杯も啜りながら、そんなことや、そのほかのこともしゃべり続けたあげく、ギターをとり上げ、途中三べんぐらい間違え、その都度丁寧に弾き直したりしながら、按摩さんのように首をかしげて「楢山節考」を歌い（泣虫の夫は聴きながら涙をこぼし）、レコードを二枚くれて、ふらりとどこかへ帰って行った。

　晩の御飯は外で食べてくると言い置いて、Hは午後から出かけた。私はじっとしていられない気持を押し殺して、その日片づけなければならない用事を済ませ、夕方になって郵便局と図書館へ行った。図書館を出ると暗くなっていた。この間まで夏だ夏だといっていたのに、もう冬だ。商店街の灯りが眩《まぶ》しい。商店街を抜けると、古家をとりこわしたあとの草庭や材木置場がところどころにある住宅地の黒々とした道になり、その道を歩いて行くと商店街になり、抜けると暗い道になった。朝がた新聞を見て、あとでもっとちゃんとしてから考えようと、先のばしにしてきた島尾さんのことを、私は考えようとしているのだけれど（考えるといったって、いったいどう考えたらいいのかわからない）——島尾さんの顔もミホさん（夫人）の顔もどうしてだかちっとも浮んでこない。気がつくと頭の中で、たいへんなことにたいへんなことに、と、ただそう繰り返し呟やいているだけなのだった。そうやって、のろのろ歩いてきて三つ目の商店街にあった古着屋で、嘘毛皮のコートと綿入れのコートともう一枚コートを買った。

　Hは先に帰っていた。赤い顔してこたつにあたっていた。私は担いできた大きな袋のなかみをとりだしてみせた。わたしの負けです、——Hは独り笑いしながら言う。

思いがけなく早目に仕事が片づいたから、駅前のおでん屋で一杯飲んだ。少し飲んだら今日はバカに一緒に飲みたい気がしたので、よび出そうと家へ電話したら出なかった。ははあ、鹿児島の島尾ミホさんのところへ出かけたんだ、と思ったから一人で飲んで帰ってきた。ドアをあけたら茶の間に灯りがついてる。こたつも赤い。鹿児島へ行くのにつけっ放しにして行ったのか、仕様がないなあ、あの人少しボケたかな。そう思って玄関へ行ったら赤いサンダルがない。いくらかまわない人でも、あの汚い赤いサンダル履きで鹿児島へお悔みに行く筈がない。そうだ、赤いサンダル履いてゴミ捨て場にゴミ捨てに行ったのだ。それで灯りもつけっ放しなのだ。ではわたしはこたつに入って一休みしましょう。――いま、そこまで考え及んだところへ、大黒様みたいに袋を背負ってよろよろ帰ってきたではありませんか。わたしの推理力は二転三転しながらも相当に鋭かったつもりですが、まさか遠くの古着屋で古着買っていようとは、そこまでは推理が働きませんでした。そういえば、おとうさんが死んだときも、おかあさんの衝動買い、衝動喰いは華々しかったね。

――そうでした。私は体の中から煙が出て行くみたいに財布の中のお金を使った。あのときもコートを買った。

思い出――夫・武田泰淳と映画

《幼年時代から五十男になった今日に至るまで、映画に対する私の感情は少しも変っていない。よくよく考えてみると、映画と私の関係は、見せる者と見せられる者、おどろかす者とおどろかされる者、喜ばせる者と喜ばされる者、つくり出す者と見物する者の関係にすぎないのである。つくり出された画面に、ただただ圧倒されることを望んでいたのであって、教祖の説教に耳かたむけて、それで満足し恍惚となる信徒の如き輩であった。おそらく私は、死ぬまで、そのような愚かしくも忠実な観客でありつづけるだろう。

私は、志賀直哉先生の姿を二回ほど、渋谷の映画館で見うけた。志賀先生が渋谷付近に移ってこられたのは、もはやほとんど先生が文章を発表することのなくなってからである。一度はお孫さんを連れてこられ、二階の一番前の席にいられた。そのとき、幼児が身体をのり出して危いので、先生ははげしい声で叱りつけていられた。おそらく先生は、孫にせがまれて映画館に来たのではなくて、白ひげの老人になって、活字などめんどくさくなっても、新しい映画だけは楽しみだという、自分の心のうごきで来られたのだと思う。と言うのは、私は、映画館の前にかかげられたスティール写真をのぞき込んで、おもしろそうか否か調べている先生の、無邪気な姿をおみうけしたこともあるからだ。》（武田泰淳「映画と私」より一部抜粋）

五十歳になった頃、昭和三十七、八年に武田の書いた文章です。趣味は？　と訊かれると、映画と散歩かな、と答えていました。

原稿を書く仕事が一段落したとき、仕上がったとき、「さ、映画に行くぞ」と仕事部屋から出てきました。愚図愚図していて気が変わられでもしたら、と私はやりかけていた家事を放り出し、エプロンを外した普段着のまま、喜び勇んで随いて行きました。原稿を書きあぐね、思案にくれているときは、「映画に行ってくる」と、もうろうとした表情で仕事部屋から出てきました。そういうときも私は家事を放り出し、やっぱり喜び勇んで随いて行きました。

若かった頃は映画館から映画館へハシゴすることもあり、斜め向かいの次の映画館へ一刻も早く行こうと大通りを急いで横切り、二人とも自動車にひかれそうになったこともありました。

映画に行くぞ、の誘いに喜び勇み、今日明日にも生まれそうな臨月のお腹を抱えて随いて行った晩は、『決闘鍵屋の辻』（たしか黒澤明氏の脚本であった）を荻窪駅前の映画館で観ました。それまでに観た時代劇とはまるでちがった時代劇映画に眼からウロコがとれたように感動、興ふんのあまり家まで三十分ほどの暗い夜道を道幅いっぱいにひろがって、ああしていた、こうしていた、と殺陣《たて》の仕方話をしいしい帰ってきました。四十年も昔のことですが、とりわけ忘れられません。

晩年、病を得てからは、誘われるというより、足許が覚束ない人の杖代わりに随いて行きました。その頃は、富士一合目近くの山小屋で夏を過ごしていましたので、富士吉田の町の映画館へ車で下り、ポルノ映画三本立をよく観に行きました。帰り、晴れた夜空に黒々とそそり立つ富士山のふところへ向かってアクセルを踏み込み、登山道をまっしぐらに走り上っていくとき、武田は助手席で好物のカッパえびせんを噛《かじ》り、缶ビールを啜りながら、「ポルノ映画観て、車とばして富士山へ帰る。これ以上のぜいたくはないなあ」と、感極まったごとき声で言うのでした。

最後に映画館へ出かけて行って観たのは、ベルイマンの『叫びとささやき』でした。

有楽町の横断地下道の階段で息をきらしていました。「ああいった風な小説、一度書いてみたいもんだな」と帰りの車の中で、ひとり言のように呟いていました。

他界して十六年になります。元気でいれば、白ひげの八十歳の老人となって私を供につれ、シネマスクエアの暗闇に身を沈め、『ひかりごけ』を観たことでしょう。自分の書いたものが映画化されたとき、嬉しいけれど恥ずかしく怖ろしい、と言って試写会に出席したがらず、封切りを待って町の映画館へ出かけて行き、片隅でこっそりと観ていましたから。

櫻の記

櫻上水の近くの、あの一本の大きな櫻の樹。

人も自転車も犬も通らない、ひっそりとしたところに、その櫻は満開だった。あてどなく花を探して高井戸のアパートを出てきた私たちは櫻の下まで駈けて行ってねころんでみた。櫻は水晶細工のように咲き静まっていた。透かしてその向うに真っ青な空。

私たちは持ってきたおにぎりと玉子焼と一口カツの重箱をひらき、一升瓶を傾けて赤ぶどう酒を飲んだ。お互いの声さえ聞き馴れぬ珍しい声に思われるほど静かだったから、櫻の花のことは、「きれいだ」などと口に出さないで、ひたすら食べ、ひたすら飲んだ。

私たちというのは、夫と私と娘。一升瓶を提げて櫻の下へ駈けて行くほど若かった。小学二年生になった娘はいつも顔色が蒼く無口で食欲がなかった。言われるままに玉子焼やおにぎりを口に押し込み、ぐんなりとしていた。父親が、「飲め」とすすめると、黙々とぶどう酒まで飲んでしまっていた。少々風邪気味で熱があったからか、いつもより一層浮かない顔をしていた。

真上から、やや傾いてきた太陽。ねころんだ夫は外した度の強い眼鏡を大切そうに胸に置き、鳩尾《みぞおち》のところにやわらかく組んだ手をのせて眼をつぶり、その眼蓋《まぶた》に陽をあてている。人が眠るころ起きだして明け方まで原稿を書く仕事の夫は、生来ニス色の皮膚なのに眼蓋だけ蒼みがかって弱々しい。

私は一人、ぶどう酒をどんどん飲んでいるうちに酔払ってしまった。そうして傍《かたわ》らにぼんやりと坐っている無表情な子供に向って、ずいぶんと殺風景なことを言いはじめた。

あんたねえ。こんないいところにきて、そんなことじゃあ、この先、生きて行くのはむずかしいよ。嬉しいときは嬉しい顔しなくちゃあ、欲しいときは欲しいと言わなくちゃあ。いったいぜんたい、あんたはどんなこと思って生きているのかえ。どんな考えを持って生きてるのかえ。え、言ってごらん。——無表情のまま、じいっと押し黙っていた娘は、やがて涙のたまってきた眼のふちを赤らめ、かぼそい声を出して言うのだった。「思おうとしても思えないよお。考えても考えがないよお。だけど、あたしは生きていたいよお。ただ生きていたいよお」

青い空の奥の奥で、かすかな爆音がしていた。見えないその飛行機が、金紙《きんがみ》のチラシを撒きつづけているような気がしていた。頭上の櫻は、ひとひらだって散ってこない。「ユリコのマケ」眼蓋の裏の眼の玉をぐりぐりと動かし、眼をつぶったままの夫が、おかしくてたまらぬ風にそう言うのだった。

靖国神社の櫻が咲く。引越した赤坂のアパートからは、すぐ近くであった。昼間みに行く。晩御飯をすませてから、またみに行く。いまではあまり見かけなくなったが、少し前までは境内の櫻が咲くと、白衣の人が楽器を鳴らし、革製の義手や金属製の義足をつけた体を折って土下座し、物乞いをする姿があった。一兵卒として戦地に赴いたことのある夫は、白衣の人を見かければ、どのようなときでも必ず近寄って行って腰をかがめ、丁寧にお金を箱に入れた。

私たちは拍手《かしわで》をうっておまいりする。私たちとは夫と私。中学生の娘は寄宿舎で暮していた。

「何を祈った？　今日は沢山お賽銭あげたから、あたしは、わあっとすべてお願いしちゃった」

「俺はいつもなんにも祈らない」

そうかもしれない。祈ったってダメかもしれない。でも、こうも辺りに櫻が真っ盛りの真っ盛りだと、凶《わる》い事が潜んで待ち伏せしているような、とらえようもない不安で、ざわざわと胸が落ちつかない。で、私は、わあっとお願いしてしまう。

いつの年も櫻が咲くと私たちはお花見をした。昭和五十一年三月下旬の覚書より。

——

某日。櫻が今年は十日ほど早く咲くといっているが、冷え込みがひどいので遅れそう。

某日。一泊の熱海行。峠を上りきったところで車をとめて海を眺める。主人、眩暈《めまい》す。タバコの吸いすぎだという。熱海の櫻三分咲。

某日。朝、富士の山小屋の管理所より電話あり。春になって地面がゆるみ、裏の石垣がついに崩れ落ちたとのこと。四月半ばから修理工事をはじめてもらうことにする。

今度は石を積んだだけではなく、コンクリート付けにする。十五、六万かかるとのこと。石垣とともにダメになった富士櫻は三本。

某日。晴れ。櫻ほころぶ。明日から、また曇りのち雨、北東の風、だといっている。どこか東京の近くの山沿いでは雪になるかもしれないといっている。

櫻、咲かせてやるか、少し陽をあてて。……いや、やめとこうかな。どうしようかな。……ほれ、少し咲かせてやろう。ほれ、どうだ。……天に焦《じ》らされているような毎日。例年の如く、庭の櫻が見える食堂の窓ガラス磨いておく。花子（娘）、カブールより絵葉書の便り寄越す。

某日。庭の櫻、とうとう満開。草野心平さんの家、隣りからの火事で焼けたとの知らせ、朝のうちにあり。健康保険一年分支払う。午後、島尾敏雄さんから電話。これからミホと二人で行くとのこと。——

島尾敏雄、ミホ夫妻が訪ねてこられたとき、午前中にたっぷりと陽を吸い込んだ庭の櫻は、花芯まで露わにして、窓いっぱいに拡がっていた。ミホさんの体の不調が気がかりで上京して精密検査を受けていたが、今日その結果、至極健康無罪放免となったのだという。ミホさんが、宝物のように胸に抱いてこられたお土産は、大島紬と甘栗。びっくりするほど沢山の甘栗は、ほかほかとまだ熱いくらいだった。

鈍く光る、ごく淡い浅葱《あさぎ》色の和服をミホさんは着ていた。能衣裳のようで、それが端正な立居振舞のミホさんによく似合っていた。平家物語なんぞに出てくる若武者のようだ、白い山櫻のようだ、と私は思った。遠慮がちの人をひきとめて、ビールを抜き、幕の内弁当をとった。

暮れてくると、窓越しの櫻は白々と、水底に咲いているのを覗いているようであった。四人で何を話したのだろう、あらかたは忘れてしまった。可愛がっている長男の話をミホさんがしているとき、「子供は離れていくものですよ。風みたいなものですよ」と、夫が笑いながら言った。ミホさんは白い顔を一段と白くひきしめ、膝にきちんと手を重ねて、「ハイ。覚悟はしております」と、小学生のように肯《うなず》いたっけ。

話がふっと絶えると、肋骨のあたりに此の頃ある丸い玉が動きだし、のどを上ってきて口から出てしまいそうな気が私はしていた。

島尾夫妻を見送って門まで出ると暗くなっていた。二人の姿が見えなくなると私は庭へまわって、すっかり夜の花となった櫻の下を、音を立てないように砂利を踏みしめて通ってみた。肋骨のあたりの丸い玉、——「武田は痩せたでしょう？」というひと言。一人になると、その丸い玉はぐにゃぐにゃとやわらかくなって、櫻の下を通るとき、べそをかいた。花見酒に酔っていたせいかもしれない。部屋に戻ると夫はテレビをつけてねころんでいた。「明日、天気がよかったら千鳥ケ淵に櫻をみに行くぞ」上機嫌で言った。

次の日、午前中、千鳥ケ淵へ櫻をみに行った。「明日も来よう」と夫は言った。

その次の日も、午前中に千鳥ケ淵へ櫻をみに行った。花傘のように掩《おお》いかぶさって咲いている下のベンチを選んで坐り、重たげな花房の間から、お堀をへだてて対岸の武道館に霞む花を眺めていると、ふらりと夫の体が傾いてきて、私の頸《くび》に片腕を捲《ま》き、顔を力なくこすりつけてきた。そうして、ふざけたように言った。「……うふふ。うふふ。死ぬ練習。……すぐなおる」

すぐなおるといった眩暈は、そのままじっとしていたら、すぐになおり、「明日、もう一度来よう」と夫は言った。

秋になり、半月ばかり床に就いたのち、夫は死んだ。

東京の櫻は今日が満開の極み、とテレビがいっている。夜になるのを待って、例年の如く私は千鳥ケ淵と靖国神社へ出かける。ネオンと屋台とぼんぼり提灯の灯色に染って、動物臭く生臭く湿り気を帯びた花。その下の酒盛り。軍歌の放声。ひょろひょろと立上って野球拳をやっている。マイクを持って演歌を歌う男。犬を抱いたままコップ酒をあおるおばさん。ゆで玉子と焼きそばとおでん汁と焼きとりと日本酒、それらの混合した匂い。女子社員の悲鳴に似た嬌声。新入社員の青ざめた酔顔。

遠くで薄く稲光りがして、なまあたたかい風がうしろから花の下を低く吹きわたる。花びらが震え、枝先が左右に揺れ、やがて枝ごと上下にたわみ、それでも花は散ってこない。今年の花は長持ちするとテレビでいっていたが、ほんとうに。

「ねえ。ちょっと、ちょっと。おねえさん。お一人でお散歩ですか。一杯飲んでくれませんか。俺たち、野郎ばかりでつまらねえんだ」

「いそいでるからね。また今度」

櫻はあらん限りの精を尽して咲いている。この世は生きている人たちばかりで充ち充ちている。

Ⅱ　歩く

私の住んでいる町

乃木坂通りの肉屋の店先に大きな鏡がある。今朝、通りすがりにうつった私の顔が老婆に見えた。いつ、こんなになったのだろう。赤坂に住んで十八年になる。始終、この店の前を通っているのに。ついこの間まで、こんな風にはうつらなかったのに。

杉並からここに越してきたころ、鉄筋コンクリートの高い建物は、氷川神社の森の崖下にあるこのアパート（私の家はこの中にある）と、氷川坂を上りきったつきあたりのアメリカ大使館員宿舎と、氷川小学校だけだったような気がする。東側の窓からは、夜になると、銀座のネオンとネオンに染まってとろとろしている紅紫色の空が見えた。いまは見えなくなった。西隣りの氷川様の森には、夏近くなると、そびえ立つ老樹の洞《うろ》に青葉ずくがやってきた。晩御飯のあとかたづけが終るころから夜半まで、休み休み、くぐもった声で鳴いた。アパートのどこか留守の部屋にかかってきた電話のベルが、いつまでもいらいらと鳴り響いている。森に向って明け放された部屋部屋から、テレビの音や人の笑声が流れ出る。

「天皇陛下のうちの森がすぐそこにあるじゃないか。そこにいけば仕合せなのに。毎年ここにくるなんて、甲斐性がないやつだねえ」青葉ずくに言ってきかせてやりたいが、それは出来ないことなので、代りに夫に向って言った。夏が盛りを過ぎる頃、声だけだった青葉ずくは姿を現わす。崖下の灌木《かんぼく》の繁みに、漂うように暮している生き餌を食べに降りてくる。木下闇に低くさしのべ合っている枝から枝へ、音も立てずに一羽が舞い移ると、すぐ次の一羽、遅れて小さい一羽が追っていって同じ枝に並んでしっかりつかまる。まんなかに小さいのを挟んで、しばらくは置物のように動かない。廊下の手すりにもたれて見惚れているわれわれの真向いに、赤く金色に光るまん丸い眼を据えて並ぶときは、猫が三匹いるようだった。今年と去年と一昨年、青葉ずくはみえない。

ＴＢＳの建物が出来ると、食堂やすし屋やナイトクラブが増えてきた。「昔陸軍、今テレビ」と、そのころ町の人たちはいった。山王下から乃木坂へ抜ける通りの木造の低い家並みは、歯を抜いて入歯《いれば》するようにビルになってゆく。並び二、三軒が揃って雨戸を閉じつづけていると、やがて一気に押し倒され、障子や羽目板や便器や庭木のあじさいやいちじくが、一緒くたにすくい上げられ、トラックで運ばれて行く。「あの下駄屋のおじいさんおばあさんは、こんな模様の襖の部屋で寝起きしていたのか。お妾風のおばさんの家は、こんな便器の便所だったのだな」と、トラックに積まれるのを眺めている。そのあとには、たちまち細長いビルが建って、焼肉屋や麻雀屋や芸能プロダクションが看板を出した。

　野菜の名前を一寸でも間違えると「ふうん、これが里芋だって？　そんなことという人にゃ売りたくなくなるねえ」と、いや味を言う狷介《けんかい》な八百屋のおじいさんがいて、私は怒られてばかりいた。その八百屋も店閉いした。或る朝、八百屋跡のビルの前を通りかかると、ゴム長を履いたおじいさんが、泥ぬぐいのゴムマットを何枚も並べてホースで水をかけていた。コバルト色のマットを裏返しながら「こんなかの掃除の仕事をやってるよ。こういうもんは青物とちがって腐らないから気楽だよ」と私に言った。守衛風のモダンななりをしていたが、あまり似合わなかった。おじいさんにも、このごろ会わない。

　それでも、いまでも、まるきり変らない人だっているにはいるのだ。赤坂へ移りたてに会ったときから、その人はおばあさんだったが、二十年近くも、そのおばあさんぶりは衰えないのだ。白髪をきちんとひっつめに結んだ丸顔の小柄なおばあさんは、春夏秋冬、和服の上に洗濯のよくしてあるかっぽう着、下駄を履いた姿で、真直ぐ首をたて、わき目もふらず、風を切って、いつも歩いている。雨の日は嫌いらしく、雨の日にはみかけない。おばあさんは寒くも暑くもないらしい。冬の朝でも真夏の昼日中でも、同じ姿勢、同じ速さ、同じ身なりで歩いている。ゴムの入った袖口が少したくし上って、そこから出ている手首は陽にやけている。おばあさんは角々が気になるたちらしいが、ゆるやかなカーブや斜めの曲り角は無視する。直角だけだ。直角の曲り角にくると、ぴたりと停って一踊りする。一寸いったところにすぐまた曲り角があったって、直角であれば手を抜かずに、一踊り、踊り納めて歩いて行く。遠征することもある。渋谷の広い交叉点の角々を、踊っては渡って行く姿をみたことがある。直角の辻には、おばあさんにだけ見える神様（わが国には八百よろずの神様がいるのだ。便所の神様だっているのだから、直角の神様がいたっていい）が待っていて、おばあさんは毎日せっせと踊りをお見せしては、次の神様のところへ、先を急いで歩いている。そんな風に見える。

「このすぐ近くの人。ずっと前からああしてますよ。家はあるんですよ。家の人がよく面倒みてるらしい。毎日ちゃんとした恰好させてるでしょ。息子が一人戦死してからだっていいますよ。息子はいくたりかいるらしいのに」古くからいる乾物屋のおかみさんがそう言っていた。

立派な老人福祉会館が建って、町内の老人たちは集まって、小唄や民謡踊りを盛んに楽しんでいるけれど、ひけてめいめいの家へ帰って行くときは、のろのろとした後姿だ。おばあさんは、いくつになったのだろう。私の夫はずっと若かったのに、去年死んだ。

二、三日前の夕方も、ＴＢＳのＴ字路におばあさんはいた。芸能関係らしい派手やかな男女の群れに混って、信号を待ちながら踊っていた。青になると渡りながら、途中で向きを変え、軽くバックで踊ったりして消えて行った。

（住み馴れたから、先行きはここで商売でもしようか。腐らないものが気楽だから、麻雀屋か下着屋がいいな）などと思っている。思いあぐねたとき（面倒なことだな。そんなことをすれば年とるばかり。あのおばあさんに随《つ》いて踊って暮すのはどうだろうか）ふっと誘われる。

ギョッとする会話

食堂で、隣席から男女の話し声が聞こえてくる。外国旅行の話をしているらしい。ヨーロッパもなかなかいいと思うけど、と男がいっている。

——ヨーロッパねえ。ヨーロッパというところは傷つくべきところね。

私はギョッとして、その女性の顔をぬすみ見てしまう。どんなところなのだろう。傷つくべきところね、というところは。若い女性はふざけているのではない。

——人間の原点にたちかえるということがすべてよ、私の旅の。

つづけて感想をのべている。

町を歩いていると、うしろの話し声が聞こえる。

——あなたの生きざまと私の生きざまのちがいね。

——私って抽象的に生きているのよ。

——そういう時点に於てはユルせない。潔癖なの。

——結局、私って悪い女ね。

——つくづくと業を感じるわ。いや、情念の問題よ。

銀座でも新宿でも渋谷でも、このような言葉のまじる会話が耳に入ってくる。映画や芝居（ことに新劇）を観に行くと、開演前や休憩時間に、隣やうしろから聞こえてくる。何度聞いたって、やっぱりギョッとする。顔を見てしまう。

会話の主の大方は、短大生風か会社づとめ風の若い女性たちである。流行の最尖端をいくというのではなく、流行に遅れず、流行のまんなかあたりをいっているらしい同じような服装、同じような所持品。どことなく顔つきも似かよっている。

テレビのメロドラマの女主人公がこのような言葉を使っているのだろうか。それとも愛読する本に書いてあるのだろうか。

言葉ばかりではない。声の出し方も、早口の抑揚も、笑い方も、びっくりし方も、同じようだ。似たもの同士が、めまぐるしいほどの滑らかさでやりとりしている。もしかしたら、テレビやラジオに出てくる、或る種の男女司会者、レポーター、評論家、芸能人などのそらぞらしい話しぶりが伝染してきているのかもしれない。

普通の言葉を使って話せばいいのに。自分にも相手にも分かり易い言葉を使って話せばいいのに。

どうしてもこのような言葉を使って話したい趣味があるのなら仕方がない。もう少しゆっくりとしゃべってみたらどうだろう。むきになっている可愛らしさも出るし、一種のおかしさも出ると思う。

でも、私がめくじらをたてることはないのだ。あの人たちは私に向かってしゃべっているわけではなく、気分の合う同士で会話しているのだから。

夫を亡くしてまもないころ、知り合いの主婦がやってきて、

——これからのあなたの人生は自分自身の人生よ。自分自身の人生を生きて行く自覚を持たなくては。

と励ましてくれた。あれえ？　いままでだってずっと自分の人生だ。いつだって自分の人生と思っていたがなあ。けげんな顔の私に、

——趣味に生きるのよ。あなたも趣味を持たなくては。お茶とか文化講座とか旅とか。老後を美しく生きるために。

と、まだるっこそうにその人はいう。老後を美しく生きなくては、とくり返して帰って行った。それからあとも、中年過ぎた家庭婦人のいくたりもが、そっくり同じこ

とを私にいってきかせてくれる。

ありがたいとは思うけれど、私はうんざりしている。心の中で呟いている。美しくなく生きたっていいじゃないか――。

ゆきずりに聞く若い人たちの会話をいやがることはない。このての方をいやがらなくちゃ。このての声を聞かずにすむような暮らしをしなくちゃ。

眼医者へ通う道

塀越しに、粒のようなものが、絶えまなく、音もなく、降りかかる。

最初、眉間《みけん》をやられた、という匂い。深く吸い込んだら、それは鎖骨に沁みてから、頸《くび》すじをくすぐったくまわって、ぼんのくぼがくらくらしてしまう。いぬぶな科の大樹の黒々とした木立に、淡白い若葉と同色の房状の花が、少しうなだれて、びっしり付いてる。

ここ半年余り、眼医者へ通う道。坂を下り坂を上って、赤坂から六本木へぬけて行く。

夏も間近となった。

坂の上にある呉服屋の飾り窓のあじさい模様の着物は、この間、水色の朝顔の着物に替った。

枇杷《びわ》の木のある家が多いこと。二十年住んでいて、いままで気がつかなかった。

外国銀行寮の枇杷の大木は、針金入りみたいな暗緑色の葉を、鳥の翼のように拡げている。男子修道院の枇杷の木は、更紗模様そっくりに、白壁に倚《よ》る。

「志賀直哉居住の跡」

と立札のある石塀。

囲いの中の小さな平屋は、ずっと前から、昼も雨戸をたて、廃屋である。

枇杷の木が二本、低い軒と塀に垂れかかっている。

その奥の平屋にも枇杷。もっと奥の平屋にも枇杷。廃屋の隣りの平屋にも枇杷の木が二本。その家には白と茶の老犬が、あおきの根元を居場所と心得て、陽の当らぬ湿った地べたに窮屈そうに丸まって、いつも居る。裏口の金網垣から、犬と同じくらいにしゃがんで声かける。

「お前、つまらないの？　そうか。つまらないか。困ったねえ」

首だけねじ向けて、犬はひからびた大きな梅干みたいな鼻を金網からつき出す。眼をどんよりとうるませて、わずかに尾を振る。すると、ぴしゃりとひどい音がした。

閉っていたはずの硝子《がらす》窓を、誰か、わざわざ開けて閉めた。

どの家の枇杷の木にも、怪しむばかり、うっとりするばかり、沢山の枇杷の実。

町なかの白っぽい陽の下で、色を濃くしながら、静かにふくらんでゆく。毛の生えたカビ色の果柄《かへい》も、重みでぐんなりしてきた。

何年に一度くる、なり年なのだろうか。そういえば、うちの庭の桜も、おびただしい実だ。葉の奥で、無数の眼の玉のように光ってる。

今日、眼医者への往き、測量道具を抱えた男三人を見た。帰り、男たちはいなくて、石塀のところどころに、新しく白い大きな告知板がかかっていた。

〝建築のお知らせ〟

この辺り一帯——志賀直哉居住の跡にある平屋の群れ——は、近くすべてとりこわされて、鉄筋高層の大きな建物に変るらしい。

ひろがる歓楽街　港区赤坂六丁目

世帯を持ってから八度、住居を移した。七番目の杉並高井戸で二年経ったとき「東京のまんなかへんに一度すんでみてもいいなあ」と、夫が呟《つぶや》いた。で、ここに移った。昭和三十五年だったと思う。防衛庁を回って国会議事堂へ向かうのか、乃木坂から山王下へかけて（近頃この通りを赤坂通りとよぶ）、安保反対のデモがしきりに通った。まだ馴染まない家の湯舟に浸っていると、夜のデモ隊のあげる声がどーっと近づき遠ざかった。

ＴＢＳ局の新築落成の祝賀会があったのも、同じ頃だと思う。ランドセルを背負った学校帰りの娘を連れて、きょときょととテレビ局の中に入り、焼鳥だのサンドイッチだのチーズだのを御馳走になった。山王下から乃木坂へかけて並んでいた低い木造建ての商店やしもたやが、一軒二軒と立ち退く。庭樹も、昔風の藍色模様の瀬戸便器も、一緒くたにとり壊されてゆくのを、名残惜しく眺めているが、新しいビルが出来上がれば忘れてしまう。そこに何があったか思い出そうとしても、おかしな位思い出せない。ひところは、「昔陸軍、今テレビ」（防衛庁のある場所には、敗戦前は第一師団歩兵第一聯隊があった。朝夕軍隊ラッパの音が聞こえ、町の人は兵隊邸とよんでいたそうだ）といわれたが、歓楽街の拡がりぶりは当たり前になってしまって、もう誰もいわない。

赤坂六丁目は、赤坂三丁目の歓楽街と六本木の歓楽街の間にある。元は赤坂氷川町といった。この近くにも景気が飛び火してきて路地の奥に金色に輝くドアなどはまった店が突然出来たりするが、夜になれば道の幅ばかり広く思える、しいんとしたところなので、いつのまにやら廃業してしまう。

氏神様の氷川神社の崖に面したアパートに私は住んでいる。崖一帯を大樹が掩《おお》い、湿った木下蔭に実生の灌木がはびこり、真夏は蟬《せみ》が鳴きしきる。元気だった頃、夜中から朝までが夫の勉強時間だった。午前二時、夫が起き出して仕事部屋の電灯をつけると、夜明けと間違えてか、崖上の神主さんのにわとりが、必ずコケコッコオと、丁寧に思いっきりの声をあげた。にわとりが鳴いてくれるのは「嬉しいような、具合がわるいような。……人が寝静まるのを待って、一枚一枚小説の原稿を書いているのは、ニセ札を作っているのと似てるな」と、夫は苦笑していた。

大晦日《おおみそか》、テレビで除夜の鐘の中継がはじまると、私はお財布を握って、氷川様へ初詣でする。冷たい暗い境内に、お化粧なしの待合の女将、商店の旦那、板前風の若い男などが、ぽつりぽつりとやってくる。犬を連れた人が多い。きゅっと口を結んで、拍手《かしわで》をうち、おみくじをひいて、黙々と帰って行く。今年も私は末吉だった。「人のおだてに乗るな、自主性を持て」などと書いてあった。「夜昼もなく暁もなし」という下の句の和歌がついていて、あまり縁起がよくなかった。選挙のときは氷川小学校へ投票に行く。すると初詣でで会った人に会う。犬を連れてきている。

たまに、美容院と赤坂図書館に行く。この間の午後、借りた本を返していたら、白い服に白い前掛け、縮れ上がったパーマの頭に剃り込みを入れた若い男が、いそいそとやってきた。『人を見抜く方法』という本と『昆虫大図鑑』を借り、実に嬉しそうに帰って行った。

午後二時頃から四時までの間に、板前さんの休憩時間があるらしい。その時間の氷川公園や檜町公園には、白い服の若い男たちがいて、球投げしたり、サンダルを脱いでベンチにねころび、私より白い足の裏をひらひら陽に干したりしている。

今は一人暮らしになったから、少ししかいらなくなった日常のものの買い出しは、出先のあちこちで気儘《きまま》に済ませてしまう。八番目の仮の宿と思って移ってきたはずが、二十年余り暮らしている。地下鉄千代田線の赤坂駅で降りて、夜遅く出先から帰ってくる。賑やかな通りを横切って、元日大三高の角を曲がると、真正面の氷川坂の上の空に、全身に灯を滴らせた東京タワーが浮かんでいる。何だか月よりも懐かしい。九番目に移る場所も、東京タワーがこんな風に見えるところがいい、と、そのとき思う。

クリスマスケーキ

新宿の地下商店街のどの店にも、ポインセチアの鉢植が置いてある。あふれて表にまで並べてある。葉だか花だかわからない赤く染まった部分が、人いきれでしおれている。

ひとところ、特別に人だかりがしている。五千円、または一万円札を一枚握った片手を、ヒラヒラと人よりも高くつき出して、オーバーコートの男たちが、われ勝ちにクリスマスケーキを買おうとしているのだった。

「三千百円のそれ、生《なま》チョコデコの方、俺の、俺のだよ。そっちへまわって買うの？うん、わかった。そっちへ行く。行くから、それまで顔覚えていてよ。ヒゲ、このヒゲが目印。ヒゲのおじさんだよ」

こんなにも男たちが執着している生《なま》チョコデコとは、どんなのかと、かきわけて覗いてみると、チョコレートを塗りこめた台の上に、バラの花、サンタクロース、長靴、鐘、西洋館、もみの木などが飾ってある、べつだん変ったものではなかった。花やかで、少々野暮ったいものであった。ただ、ほかの店のより、台が腰高でたっぷりと大きい。ほかの店のは同じ値段でも、一種類か二種類、飾りものが足りない。この店のは、パンダまで忘れずにちゃんといる。

葉茶屋も靴屋もカメラ屋も海苔屋も、今日はさびしい。大福餅や串団子を売る店もさびしい。売り子は下を向いている。洋食屋と中華料理屋は混み合っているから、これも今日はさびしそうにしている、そば屋に入った。先客の男二人がお銚子とそばをとって向い合っている隣りのテーブルで、私はかき揚げそばを注文した。すぐあとから、髪の毛の乱れた病人みたいな和服の女がふらりと入ってきて、私の向いに腰かけると、きつねうどんを注文した。常連らしい口のきき方をした。

先客の若い方は背広、中年の方はジャンパーを着ている。若い方がしきりに話しかけている。ときどき声が低くなって聞えなくなる。中年の方は口数少なく、どんどんお酒を飲んでいる。

急に中年の男が大きな声を出しはじめた。

「お前の言ってることは、みんなわかったよ。言いたいこともわかったよ。で、結局、俺に何かして貰いたいんだろ。え？」

「……」

「いいよ。俺だって来年は四十五さ。何かしなくちゃ、と思ってたんだ。このままじゃな。だけどお前、俺の年になって女房子供抱えててみろ。お前のその話だけじゃ、ああそうですか、一肌ぬぎましょう、なんて言えないぜ」

若い男が小声で何か言うと、中年の男は一段と大きな声になった。

「お前、この前もそんなこと言ってたぜ。あの仕事ダメになったんじゃねえか？」

若い男は不動産屋の事務所を出したがっているらしい。お金がないから、この中年の男と組んで、男の家を事務所にして、その代り、自分は男の下で働く、と話をもちかけているらしかった。

「はじめは二十万か三十万、月に貰えればいい」と、口ごもりながら言っている。

「二十万と三十万じゃ、お前、十万もちがうぜ。はっきりしろ」

と言われると
「四、五十かな」と言い直した。

「四十万と五十万じゃ十万ちがうじゃないか。二十万とは倍ちがうぜ。だいたいお前の話は、甘くてはっきりしないんだよ」

平手でテーブルを叩いた中年の男は、こぼれていたお酒で濡れた手を、気持わるそうに振るい、袖口も少したくし上げた。すると、シャツをきているみたいな藍色の刺青のへりが見えた。

中年の男が立上り、クリスマスケーキの大きな四角い箱を抱えると、若い男も立上り、クリスマスケーキの四角い箱を抱えた。中年の男が勘定をすませ、若い男があとに随って出て行った。

「クリスマスか。今日はどの男もどの男もケーキ買って帰るよ。ありゃあ、男が買うものなんだねえ」

煙草を一服していた和服の女が、半分は店のおかみさんに、半分は私に向って話しかけて、人なつこそうに笑った。

地下鉄に乗ると、網棚にケーキの箱、包装はとりどりだけれど、大きさは同じ位の箱が並んでいた。男たちが、めいめい自分のケーキの前の吊り皮につかまって揺すぶられていた。

動物園の午後

「コアラに人気が集中して、上野のパンダが、かわいそうなことになってるそうですよ。パンダが、ひねくれてるそうですよ」と、うちにきた人が言った。

コアラは多摩動物園にきたのだから、上野のパンダが、そのことを知る筈がない。上野のパンダ舎の向い側にでもコアラが住むことになって、いままでおしかけていた人間たちが、いっせいにお尻を向けて、向い側ばかりにたかっているのを見たなら、おや、ヘンだぞ、と何とはなしに淋しく思うだろうけれど。いや、そうではなくて、やっぱり元気をなくしているかもしれない。見物人が以前よりぐんと少なくなって、一挙手一投足に、わあっと喊声《かんせい》が上がらなくなってくれば、パンダの方にも緊張感がなくなって、下り坂のかげった印象を漂わせはじめたかもしれない。

「同じ動物園にコアラがこなくて、まだしも、よかったですね」「ほんとにそうです」と、その人も肯いた。「こういう話をきけば、瞬間的人気だったエリマキトカゲなど、この寒空に生き残ったものは、もっとみじめになってると思うでしょう。ところが熱海の親切な人が、ちゃんとひきとってくれたので大丈夫。都落ちはしたけれど、いま温泉のある暖かい熱海で仕合せに大活躍しているそうです」と、その人はつけ加えて教えてくれた。

　一代目のランランとカンカンが死んでしまったとき、中国が怒って、もうパンダをくれないのではないか、と（私は）思っていたら、怒りもせずに、二代目のフェイフェイとホアンホアンを贈ってくれた。

　いつだったか、中国の宝物の展覧会で、へんな人が兵馬俑《へいばよう》にとびついて押し倒してしまったことがあった。あのときも、日本側は真蒼《まっさお》になった。大へんな宝物をこわしてしまって、どうか、ぶってください、叩いてください、と平伏する気持だったが、中国側では、ああいうものは、うちには沢山あるのよ、と寛大にゆるしてくれたのである（へんな人をかばうわけではないが、あの大ぶりな等身大の兵馬俑の質感や量感や曲線は、抱きつきたい、とびつきたい、という気持を人に起させる）。

　パンダがかわいそうではないか、中国にわるいではないか、という気持と、いまこそがパンダの見どき、という気持とで、木曜日の今日、魔法水筒にお茶をつめ、お握りをこしらえて、私は上野動物園へ出かけた。ほんもののパンダに会うのは、はじめてなのだ。

池の端の通りを、おびただしい数の自動車が懸命に走っている。動物園の中は噴水の音が大きく聞え、銀杏の大樹の総身から輝く真黄色の葉が、ひっきりなしにはがれて舞い落ちている。銀杏の葉は、ことにキリンの柵の中に、いっぱいにつもっている。一週間のうち、今日が一番すいている日らしい。乳母車を押し、幼児をもう一人つれて、若いかあさんがくる。今日、子供を肩車してやってきている若いとうさんなんて、どんなところへお勤めか。とうさんと子供は、一つ動物の前に長く立ち止って、指さしなどしているが、かあさんと子供の組は、たいてい、ただ、すっすっと通り過ぎて行く。サル山のサルと、ゴマフアザラシと、印度からきたばかりの二頭の子供象を除いては、ほとんどのどの鳥や獣も、あまり動いたりしないでいる。頭をもたげて、一声二声吠えるぐらいである。ライオンとアシカが吠えた。

二匹（頭《とう》と数えるのだろうか。熊は頭が合うが、パンダには、大きい動物でも匹が似合う）のパンダは、煉瓦作り、正面硝子ばりの別々の部屋の中で、床いっぱいに笹を貰って、散らかした笹のまん中にどっかりと肢《あし》を投げ出し、右手に握りしめた笹の匂いを嗅いでは食べ、左手に握りしめた笹の匂いを嗅いでは食べ、食べつくさないうちに、あっちこっちの笹に手をのばし、よく選んでから匂いを嗅いで食べ、急に放り出して、別の笹に手をのばし、——好き勝手に食べ続けていた。

無料休憩所で遅い昼御飯をひろげていたら、妙に色白の年寄りの男ばかり十人ほどの一組が、風に吹かれるような足取りで入ってきた。隣のテーブルの前までふわふわと歩いてくると、ひっそりかたまって佇《た》っている。セーターや開襟シャツの上にジャンパーという身なりで、安物らしいが色とりどりの真新しいものを身につけている。野球帽をかぶっている人は、その野球帽も真新しい。写真機を首から下げている人が一人もいない。何となく体つきや顔に力がないので老人に見えたが、近くで見ると中年青年である。付添人風の元気のいい若い男女二人が、一人ずつに話しかけ、言いきかせて、一人ずつ腰かけさせる。野菜サラダなんとか……と話しかけている。皆、腰かけたのに、柿色のジャンパーを着た角刈りの中年の人だけが、どうしても腰かけないで、天井の一角に視線を漂わせ、直立不動の姿勢をとり続けている。その人には、いつもそういう癖があるらしく、ほかの皆は平気な知らん顔をしている。右はじの網状の帽子をかぶった人は腰かけるなり、動物園の入口で貰ったパンフレットをひろげ、パンフレットに書いてあることを、右にひろげた白い紙に書き写す作業を、猛然と一心不乱にやりはじめた。その人にも、そういった癖がいつもあるらしく、皆知らん顔している。そして、皆は、南側の硝子窓の表の方を、ぼんやりと見ている。陽のあたるその方角には、シロサイの住む柵が見える。コンクリート色のシロサイの背中の向きが、のろのろと変ってきて、真正面こちら向きにお尻がきたとき、弾丸のようなうんこを大量にした。もの静かな人たちは、全く笑いもせず、めいめいに、考えている風だった。

西京元日

元旦。薄晴れの青い空。日の丸の小旗をたてた自動車が一台、滑るように走って行くのが見える。ホテルのスリッパが馬鹿に大きいので、子供になったような気持がする。昨日の夜、新幹線でやってきて、年越しのおそばは、三条橋のたもとでにしんそばを食べた。錦小路でコロッケを買った。鴨川にかかるどんぐり橋をわたっているとき、除夜の鐘を一つ聞いた。私はこれから奈良の大仏様へ初詣に行く。

昨夜、テレビニュースで、郵便局の窓口に果物ナイフをつきつけて百七十万円奪い、表にとまったタクシーで逃げた男のことを話していた。その男は郵便局へくるのにもタクシーに乗ってきたそうだ。大晦日の夕方、強盗になるなんて、よほど切羽つまっていたのだろう。タクシーに乗って、大急ぎで借金返しに行ったのだろうか。もう、つかまってしまったろうか。

京都駅から電車に乗る。「いなり」という駅で、どっと人が降りてしまう。降りた人たちは駅のそとに見える赤い大鳥居の方へ、四角いかたまりとなっておしかけて行く。「ももやま」という駅で、終点だからとおろされた。電車を間違えたらしい。こんもりした竹やぶと大きな森が東の遠くにある。畑と原っぱの中の一本道を、桃色の光る振袖、二つ揺れる白足袋、頭にリボンをつけた女の子を背負って走ってくる背広の男、その後から白い肩掛の女が走り、その後から着ぶくれたコバルト色ジャンパーの男の子が走ってくる。ホームに到着して女の子をおろした男は、三人を別々にしたり一緒に並べたりして写真を撮ってから、一服する。ずいぶん、元気そうな人だ。赤と黒の格子柄の背広、紺色のYシャツに銀色のネクタイをしめている。「これに乗ると、みんな行けるんや。お寺さんも祇園さんも行けるんや」と、男が言うと、「モゾーヒン（多分、模造品のことだろう）のナギナタボコ売っとるとこ知らへん？」と、女が言った。「知らへん」と、男が言った。ホームには陽がたっぷり当りはじめたが、吹いてくる風が冷たい。ベンチに腰かけて風を避けていると、ずーっと前、どこかの駅で、こんな風になっていたことがあったな、と思う。ずーっと前がいつだったか、どこかの駅がどこだったか、思い出そうとしても眠くなってくる。

奈良駅からバスに乗った。十分で十メートルぐらいしか進まない。渋滞。とうとう金看板のかかった墨屋の前で動かなくなってしまった。犬を連れた毛糸帽子にズボン姿の主婦、耳まで赤くなった顔に白マスクをかけた勤め人風の男、家族連れに混って歩いて行く。

大仏様の門前に並ぶ土産物屋へ、ナンカ買イタイ、と、財布を握りしめて私は入る。大仏と鹿のいる置物。大仏の顔の刺繍壁掛（これには「古都の美」と、わざわざ題文字も刺繍してある）。鹿のブローチ。鹿の鉛筆。鹿のネクタイピン。ビニールの鹿。鹿の輪投げ。鹿笛。そのほか「大仏ッ子」「大仏のへそ」「大仏物語」「やっぱり奈良ね」など（これらは瓦煎餅《かわらせんべい》、饅頭、ゼリー菓子類につけられた名前である）。――何だか、買う力（買おうとしていた力）がなくなって、私は財布を握りしめたまま出てくる。

参道の脇の公園みたいなところのベンチで、私は東京から持ってきたふかし芋を食べる。土塀の色や枯草の色と似通っているので、沢山いるわりには、それほどは目立たない鹿が、両耳を寄せ加減に頭を立てて、駈け出す寸前の速あしで、遠くからやってくる。向うのベンチにも二頭きている。食べすぎて菱形に張り出た固そうなお腹を抱えているのに、めざとくせがみまわっている。ナンカチョーダイ。センベカナンカチョーダイ。イモ？　イモナンカモチョーダイ。ア、タベテル、ソレナニ、ナンダ、弁当折ノフタナンカクレテ。――

澱《よど》んだ川のふちに下りて二頭、落葉にくるまるようにして眼を閉じている鹿は、ただもう、ひたすら眠いらしい。突然、大声をあげて、屋台のアイスクリーム屋が、そばにきた鹿をいくつも殴る。

「柱のほれ、どこかにあるぞ。大仏様の鼻の穴の大きさはな。その柱の穴の大きさだ。人がくぐりぬけられるんだ」老若男女が、ごった返している大仏様のお膝元で、とうさんが子供に教えているらしい声が聞える。「大仏様はどこにいるの？」「バカ。上を見よ、上を。もっとずーっと上だ」

　大仏様、眼をよくして下さい。肝臓も。と、私は拝んだ。職人風の老人が、私の隣りで、「えー、どうかひとつ。何とかひとつ……」と、深い吐息のような声で手をすり合せていた。

　帰りの電車の中では、赤ん坊を背負った母親も赤ん坊も、子供も父親も、白羽の矢を持った年寄りも、死んだみたいに眠りこけていた。平城京跡で、少年が一人、暮れ残る空に凧を揚げているのが、右の窓から見えた。ぜんまい仕掛のように一心不乱に揚げていた。本年の初日が、大きな真赤な入日となって、黒い山の向うに落ちてゆくところが、左の窓に見えた。

四季　私の赤坂

一ツ木通りを左折、円通寺坂へ抜ける道の途中に、TBSテレビ局の建物のある（昔は近衛歩兵三連隊の兵隊屋敷があった）丘へ上れる近道の急坂があって、坂の上り口に児童公園がある。砂に埋まりかけたコンクリート製の赤い河馬《かば》などある。中年すぎたセールスマン風の男が二人、ベンチに腰かけて静かに話をしている。丁寧にたたんだ背広の上衣と、平べったい四角い鞄を横に置いて。二人とも黒靴がよく磨いてある。昼食のあと一服しているらしい。

「丁度、今頃ですかな、大阪の通り抜け。去年いきましたな」「あの桜もきれいだけども、何というかな、ああ沢山人がきちゃ。一回通り抜けたらおしまいだからな」「えーと。わたしは記憶にあるのは苔寺と三十三間堂ぐらいなもんですな」「ぼくは紀《き》三井寺《みいでら》。奈良は秋篠寺。よかったな」「唐招提寺に行ったら夕方で閉まっちゃってたな。あのときは野村さんと組んでたから、彼と行ったの。やっと探して行くと閉まっちゃってるんだから」「それから、あすこ行きました。りょうあん寺」「京都はほんと行くとこいっぱいあるんだけどね。女房と行ったのは長谷寺。好きなのは浄瑠璃寺、いいですよお」「こんどもね、広島から乗ったでしょ。京都で降りようかなあ、どうしようかなあ、と思ってるうちに、あー、いや、また来ることもあるだろうと思って東京まで来てしまいました」

北斜面の暗い近道の急坂を上りきったところに、十本ほどの太い桜がわっと満開で、その下に十五台ばかり、ナナハンのオートバイが、黒光りする胴体の腰をひねって駐めてある。そのまわりに茹で卵の殻が散っている。誰もいない満開の桜の下は甘い匂いがする。かすかに人臭い、何というか、お尻の匂いというか、――花は生殖器なのだから似ていたって、おかしくはない。

丘の上の一番見晴らしのいいところにあるＴＢＳゴルフ練習場とＴＢＳ別館の間の道には、たいてい車が駐まっていて、トランクからフィルム缶を抱えて、さも忙しそうに別館の暗い奥へ運び入れたり、運び出したりしている。いつだったか、あれは二階の窓があいていたのだから暑くなる頃だ。窓ぎわで志村けんと加藤茶が、ひっそりと将棋をさしていた。その先き、道は丘の南斜面で行きどまり、南斜面につけられたゆるい坂道を右に降りて行くと乃木坂通りに出る。行きどまりを左に、草むらをわけて辿ると、国際芸術家センターの建物が——まだ国際芸術家センターなのだろう、とりこわさないでいる間は——草に埋れたようにある。つる草が這い上り絡まったパイプは錆《さ》びて腐り、窓硝子は破れ、出入口には板がうちつけてある。焼け焦げたシャツ、錆びた車のチェーン、花柄の毛布などが、蛇苺や豆科の雑草やハコベの生え出たそのあたりに棄ててある。潮騒のように風が吹きわたり、完成直前のビルの窓に貼ったビニールがふくらんでバサリバサリと鳴る。規則正しく五回叩いては休むコンクリートをこわす音。ゆるい坂道を乃木坂通りに降りて行くと、乃木坂通りで食事をして仕事場に戻る人たちが上ってくる。喜劇役者やお笑いの芸人にもすれちがうことがある。彼らはひどく浮かない顔つきをしている。元青春映画二枚目、いまは中年紳士の役で結構テレビに出ている役者が、この坂を一人淋しそうに上ってくるのに出会ったことがあるが、それは、お笑いの人たちの暗い顔つきとはちがう、自分自身の顔や演技のつまらなさに淋しくなっているといった風だった。

*

今度、新しく開店した喫茶店C屋に、はじめて入る。赤と黒のだんだらの床。しきりの硝子には葡萄と鳥の模様。天井から一個ずつ形のちがうシャンデリヤ。手すりにまで花の形の電気。マンドリン伴奏のシャンソン。ここはパリみたい、——パリって行ったことないけど。こういう店の飾り、お金がかかってるんだろうなあ。案外、かかってないのかもしれないなあ。シャンソンが終って、プーっという音の楽器の、歌のない音楽にかわる。いいんだか、わるいんだか、わからないふんい気。三原じゅん子（？）をシカゴにつれて行ってどうとかするというコマーシャルの企画打合せを、黒ずくめの服のキャリアウーマンが男三人を相手にやっている。彼女が連れてきている後輩の男子新入社員が、「ぼくは川崎に住んでまして未だに東京に憧れを持ってます」などと、すっかり安心して、のんびりとしゃべるので、キャリアウーマンは焦《い》ら焦らして横眼でにらんだりしている。

黒い、つるつる光った彫刻（女の裸）を飾った、黒いつるつるのビルがある。いつ出来上ったのだろう。はじめて見た。ここに、前はどんな家があったのか、思いだせない。卵と豆と鳥の餌の店だったように思うが、はっきり思いだせない。

この辺では文房具屋の建てたビルが一番立派。魚屋ビルも少し小さめだが劣らない。

魚屋は、二階建木造家屋をこわしてビルに建て替える間、しばらく休業していたが、ビルの地下に潜って店を開いた。うぐいす豆となまりを包んでくれながら、魚屋の若主人は言う。

地下の魚屋なんて商売にならない。前はいまごろの時間、混んで死にそうだったけど、こんなでしょう（客はわたし一人だ）。人手が足りないから、この方が楽でいいけど、魚屋は一階でなくちゃね。でも不動産屋が、一階で魚屋やると、喫茶店出したい客がきても二階借りてくれない。そういうのよ。匂いはするし蠅《はえ》はくるからね。あたりに嫌われるから。いまの御時世は、この辺で魚屋出せなくなった。でも魚屋しか俺たちやれないからね。仕方ないから地下に店出したんだけど。ビル建てて人に貸すのも気ィ使っちゃう。入ってくれないと借金返せないし。そうかといって、やたらの人を入れるわけにゃいかないの。銀行と不動産が間に入って管理してるから。

ものすごく太い排気パイプを奥につけて裏山へ匂いを吸い出しているそうだ。うちが赤坂に引越してきたのは二十五年ほど前で、丁度、ＴＢＳのビルが新築落成するころだった。昼も夜も、安保反対のデモ行進が、防衛庁から乃木坂通りを国会議事堂へと、絶えることがなかった。デモ隊の喊声《かんせい》を、夜遅く湯舟につかって聞いた。引越してきた翌日、一番はじめにベルを押して御用聞きにきたのが、長靴をはいて経木《きょうぎ》の品書きを手にもった、ここのおかみさん（若主人のおかあさん）だった。

*

「ゴミを棄てる人におねがい。ビニールプラスチックは月曜だけ。火木土は台所のゴミです。きまりを守らぬ人は出すべからず。ビニール袋に入れて出してはいけない!!それから、エスを出した人、至急持帰る事!!」あんまり腹を立てたので、イをエとお国訛り通りに書いてしまったのだ。赤いマジックインキで書いたベニヤ板が、うちの前の坂の途中、ごみ置場に貼ってある。貼ってある下には、肘掛椅子《いす》が雨にあたってふくらみきっている。そこを左に曲った路地は、靴墨のようにいつも地面が湿り気を帯びている。路地の住人が、めいめい好き勝手に植えた沈丁花、あじさい、たちあおい、ひまわりが代る代る開く。毎年同じ場所に、大男が三人位うずくまったほどの嵩《かさ》にひろがって咲くおしろい花の茂みの下には、夏の夜、あちこちから猫が集まってきて涼む。人がきかかると、近まの闇へさっと四散し、通り過ぎるのを窺《うかが》い待つ。二軒並んだアパートの綺麗な一軒の方には、軒先に月経帯やら肌襦袢《じゅばん》やらが干してあったりする窓があり、暗くなってくる時刻に路地を通りかかると、人力車が出入口の引戸へ向けて梶棒を降しているのを見かけたが、しばらくすると引越したらしく軒先の洗濯物も人力車も見なくなった。十幾年か前の或る日、じっとり濡れた坂のアスファルトから水蒸気が立昇っている、なまあたたかい午前中だった。路地の入口に七、八人、人だかりがしていた。人だかりから少し坂を上ったところに救急用らしい車が後部の扉を開いて停っていた。薄茶色の毛布と白い敷布で掩《おお》われた担架が低くになわれて路地から現われ、車にさし入れられ、扉が閉まり、車は坂を上って左折し、すぐ見えなくなった。掛けた布の皺の寄り方が、木で作ったものにかぶせてあるような按配だったのと、ちょっとはみ出ていた足先が妙に扁平《へんぺい》であったので、もう死んでいるのだとわかった。車が見えなくなると、人だかりが散りながらしゃべった。

この奥のアパートの人。ひとりっきりで死んでたんだって。何でもジャズの作曲だかして、ドラムも叩く天才みたいな人なんだって。知らなかったねえ。ほら、ＭＹの娘と結婚して別れた。結婚するときも別れたときも週刊誌に出てたじゃない。

二人残った水商売風の女の人たちが奥のアパートの方へ戻って行った。おとなしい人だったね。男だったんだってねえ。あたしは女だとばかり思ってた。

私は家に帰ると夫に話した。翌日もまた、その話をした。すると、そういう話を二度も三度もするもんじゃない、と夫が言った。

＊

六月三十日は氷川様大祓《おおはらえ》の日。形代《かたしろ》に名前と年を書いて持って行く。形代に三度息をふきかけてから左の眼と左の頸をさすり、片方だけよくなっても、と思い、右の眼と右の頸もさすり、ぼけないようにと頭もさすり、こうなったら全部おねがいしようと、手も足もお腹もお尻もさすって、千円とともに納める。紅白のお供物を頂いて、おみくじをひく。私が吉、娘が凶。吉も凶も言いまわしがちがうだけで、よく読めば同じ。心を固くもって一時の不運にあわてさわいではいけない、とある。心を固くもって——だ。本殿の裏手の斜め崖下、境内の林の葉洩れ陽の網目模様の底に坐礁沈没しかけている古大型船のような鉄筋アパート、三階の左から四番目のテラス、あれが私の家だ。気のせいか、あすこには体臭のようなものが燻《くすぶ》っている。眺めていると、くすぐったくなる。

晩年、夫は出不精となり、外出した私は家が近くなると駈け出して帰るのが癖になっていたが、突然、ふと回り道して、ここから崖下のわが家を眺めることがあった。四番目の手すりの奥に、昼間も緑黄色の電灯をつけて、前かがみに机に向った男が、髪の毛をひっぱったり、眼鏡を拭いたりしているのが、操り人形のようにギクシャクと見える。無限大の距離に目盛を合せて、写真機のレンズを覗いているような、「見も知らぬ、とても懐かしい人」の気がした。また、冬など、障子が閉め切ってある中から、あたりの静寂をつき破って、くしゃみが鳴り渡る。夫のくしゃみははじまったら立て続けに出て、何としても止まらず、しまいは身も世もない悲鳴に似た音となって終る独特のものだったから、「おや、とうちゃんのくしゃみ」と、すぐ判別出来るのだった。私は切株など探して腰かけて、くしゃみが終るまで、耳を傾けて聞いた。

　午前四時半、雪が降ったようにテラスの手すりが白く明るくなる。裏の崖上の林の高い遠くで、かなかな蜩が一匹、息の続く限り鳴いて止む。そのあと、しんとしてしまう。氷川様の神主さんの家のにわとりが、ときをつくる。別のかなかな蜩が、離れたところの樹で鳴く。消えかけたその声にかぶせ繋いで、じいーっと気のないような鳴き方で、別の種類の蜩が鳴きはじめ、ひとしきりして止む。止むのを待って、離れたところの同じ種類の蟬が鳴き、ひとしきりして止む。三匹めが鳴きはじめると、一匹めと二匹めも重唱、だんだん調子が出てきて、馴れきって、空気みたいに鳴き出す。しゃおんしゃおんと鳴く蟬も混り、もう林全体が蟬の声となる。手すりがいよいよ真白く見えてくる。林の向うの空が赤らんでくる。今日も快晴。五時、氷川様の太鼓、一つから十《とお》まで、ゆっくり。十一から十五まで普通に、あとはドロドロと流れる。正午過ぎ、氷川小学校の方角から、拡声機の女の声が流れてくる。
「あれ、何を言ってるのかわかる？」「わからない」「光化学スモッグが発生したから、子供は長く表で遊ばないようにといってるのよ。日本語でしゃべったあと、英語でもやるの。この頃、この辺、外人多いからね。国際的になったからね」

*

一年余り、幕ですっぽり隠して工事をしていた建築現場の囲いが外され、殆んど完成した建物が姿を見せた。全身つるつるの白タイル煉瓦、巨大な便所といった感じである。夜になると向いの連れこみホテルのネオンに染まり、病気にかかっているように見える。暑いさなか、買物に出てウソの道を通る。元からある道や路地ではなくて、新しくビルが建つとき、敷地の一部を削って作ってくれた、地元民も通り抜けてもいいことになっている新しい道のことを、私と娘はウソの道とよんでいる。煉瓦を敷いたり植込みをあしらったりした新しい道には、京都風の竹やぶや北欧風の白樺も植えられている。ぼんやりして太い柱に顔をぶつけた。しかし、あまりに暑いため、ぶつかっても痛くも何とも感じなかった。煉瓦のウソの段々までくると、私の先を、セールスマン風の男が固い四角い鞄を提げて、がくがくと一段ずつ降りて行くところだった。あと七、八段のところで、突然に横倒しとなって、ころころと下まで転がり落ちた。男の人は起きると別段痛そうにも恥ずかしそうにもせず、前と同じ調子で、ぼーっとアスファルトの本当の道へ出て行った。私も驚くことなく、おかしくもなく、見下していた。そしてアスファルトの道へ出て、男の人のあとから歩き出した。

「まだ三日あるな」夜遅く、元・日大三高の正面玄関の石段に、丸坊主や短かい刈り上げ頭の若い男たちが集まり、股を開いて腰かけ、よく透る声でふざけたり話したりしている。八月の十三日から十七日まで、飲み喰いの店もそのほかの商店も、大方はお盆休みに入る。郷里に帰らない板前さんたちが集まって涼んでいるのだ。空のタクシーが二、三台通ったあとは人もめったに歩いていない。正月の三ヶ日と旧のお盆は、道の幅や曲り具合、坂の勾配や家のたたずまいが、ぐんと濃くなって、東京の町なかにいることが、ふつふつと嬉しくなる。夕方、大きな虹がかかったこともある。

連れこみホテルSから二人連れが出てきた。二人は、出てすぐの電信柱の蔭に行き、男が女を本気の勢いで三つ殴った。それでも女は、男がどんどん先に歩いて行くあとから、少し離れて随《つ》いて行った。

*

濃密な秋晴れ。

おーしいつくつくが鳴いている。九月十五日、氷川様祭礼。境内におみこしが出揃い、段ボール箱に入った祭り半纏《はんてん》が、衣裳を持たない若い衆たちの間に配られる。「俺、これ着ると、いつもだんだんだんだん嬉しくなってくるんだ」弱々しい体格のパンチパーマのおにいさんが、半纏をひろげながら、そんなことを言ってる。おみこしのあとを追って、一ツ木通りまで行った。肌の綺麗な男。バンドエイドを背中に貼った男。パンチパーマの背の高い若い男は左耳に光る耳輪をつけていた。片肌ぬいだ恰幅《かっぷく》のいい男は腕輪をしていた。地べたに半纏をのばし、あらためてたたみ直して腰にきっちりと巻く刺青した男。その男たちが、おみこしをサスときの、掌の白くて形のいいこと。

一軒だけとり残された（昼間もほとんど雨戸が閉まっているので、すでに立退いて廃屋かと思われていた）木造家屋の、表に面した窓がめずらしく開いている。窓ふちに小座布団をおいて、その上に白い小さな顎をのせて、顔にガーゼを巻いたお婆さんがおみこしの通るのを見ている。お婆さんの顔は普通にしていると、すぐうなだれてしまうので、おみこしを見るため、ガーゼを顎にかけて、上の方から吊って貰っているのだ。

おみこしが通ったあとは、水が撒かれ、再び蟬の声が聞えてくる。あたりが暮れてくると、ミカドの前でイヨオーという声が掛り、手じめの音のあと、ばらばらと半纏の男女が散り、駐めてあった車に分乗して立ち去る。それを見送って、ビルの間の路地奥へ入る褌《ふんどし》姿の男と子供をおぶった若い奥さん。テレビ局の前でも一組、手をしめている。新国際ビルの植込みの前で、一升瓶をかついだ揃いの半纏の男女が十人ぐらいで輪になり、まんなかの一人が、サセサセの音頭で五合升をだんだんに傾け、ついに仰向けとなって酒を飲みきると、わっと声が上る。代って輪の中に次の一人が入って飲み干す。三人目の男は飲み干すと、ふらふらと辺りを見回す。立ち止まって見物していた六十前後のおばさんを、「今度《こんだ》、おかあさんの番」と指す。陣羽織みたいなレース織のチョッキを羽織ったおばさんは、悪びれることなく、まんなかへ進み出て、ふくらんだ手提を片腕に抱えたまま、ズボンの足を踏み鳴らして調子をとりながら、五合升を一息にあおった。次第に一同はくたびれて騒がなくなり、煉瓦タイルの壁に凭《もた》れて、がっくりと首を落したり、地べたに両足投げ出し、空の方を見たりしていた。空は青空のまま暗くなって、濃い白い雲がゆったり動いていった。また来年か。一人がそう言っても、誰も返事しなかった。

芸者衆の踊りは夢のようだ。かずみさんにかおるさん、さわ子さんに玉千代さん。夕闇の一ツ木通りを、みすじ通りを、田町通りを、トラックの荷台にのせた踊屋台の中に、菊人形のように居並んで団扇《うちわ》を斜めに構え、肩先と頭をゆらゆらがくがくとさせながら巡回する。そして、定められた角々で車が停ると、お囃子《はやし》につれて短い踊りを、立ったり坐ったり、扇をかざしたり手拭をくわえたりして、何曲か踊ってくれるのだ。再び、のろのろとトラックが動き出すと、殿様の蛍籠《ほたるかご》のような踊屋台のまわりにとりついて、私たちは半分夢見心地で随いて行く。要所要所では踊り終ると手拭を投げる。背広の男たちが争ってうけとる。部長、とりましたな、お見事。などと嬉しがって、私の足など踏んづけても踏んづけたまま平気である。あまり何度も踊るので、縮緬《ちりめん》や絽《ろ》の単衣《ひとえ》の裾が吸いついたようにまつわりだし、踊りにくそうになった芸者衆は息をはずませ汗ばんでくる。検番《けんばん》の前が終点。踊屋台から降りてきて検番へ入って行く後姿まで見送る。ずいぶん背が大きいんだなあ、と男のおとなしい声がする。

*

雪が降りだしてきたら思い出し、図書館に本を返しに行った。廊下のベンチで、古い『オール讀物』の中の「サドの女にひっぱたかれて」という題の文章を読んでいると、黒い割烹着のような服、黒い頭巾をつけた聖パウロ女子修道院の尼さんがきて、『朝日ジャーナル』を見たい、と係員に言った。係員は奥から一抱え運んできて、これ以前のものはおいてない、と言った。尼さんは私の隣りで立ったまま選りわけ、二冊を探し出すと腰かけ、黒革の筆入から、きれいに削った鉛筆をとり出し、つやのある青白い指で大学ノートに写しはじめる。六十五、六に見える厚化粧の元気なおばさんがきて、『佐川君からの手紙』っていうの読みたいんだけど、と係員に言う。今日、どうしても読みたい、と言う。係員が、貸出中だから、返ってくるまで、ほかの本読んでたらどうです、と言っても、ほかの本なんか読みたくないの、と言っている。もう一脚あるベンチには、新人の浮浪者が腰かけている。ベンチの背に片手をながながと伸ばしているので、その範囲内には誰も腰かけない。騒ぐわけではなく、静かに新聞や雑誌をひろげている。いつも見かける旧人の方は、足取りも軽く本棚の間をまわって、本を撫でたりしている。お互いに口をきかない。お互いに出来るだけ離れ離れに腰かけて、相手を見ないようにしている。しばらくすると旧人の方は、窓ぎわに行って紙袋からクリームパンをそーっと出し、天から降ってくる雪を見上げながら、口の中に押し込んでいた。

東京の町

「下町情緒が好きなのですか」。わりあいと浅草には遊びに行くことが多いので、訊《き》かれる。下町情緒がとくに好きなタチではない。浅草に行くと、いろんな人がいるので面白い。観光客がくる。外国人がくる。千葉から群馬から観音様へお詣《まい》りにくる。ちょっとお詣りに近くの人もくる。そばに山谷があり、山谷の人たちもヒマでつまらないと、観音様の裏にきて、ひなたぼっこをしている。先のとがったニセ蛇皮の靴、若葉色の背広にピンクのＹシャツ、赤いネクタイといった派手なみなりの元芸人らしい老人が朗らかに通る。馬券売場に群がっている、体格わるく色黒く頭に鉢巻などしたカタギの人たちと、ツヤのいい顔に濃緑色の金縁サングラスをかけ、真白の背広と光った靴のカタギでない人たち、お揃《そろ》いの布地の洋服を着て、みるからに仲よさそうに歩く、華奢《きゃしゃ》な小さな旦那《だんな》と鬼のような顔をした大きな女房。丸椅子《いす》に脚をひらいて腰かけた古着露天商のおばさん同士の会話「あたしなんかスルメひっちぎったら歯が折れたよ」「あたしなんか干物嚙《か》んだら折れてさあ」。
ポルノ映画館の看板『馬小屋の貴婦人』——簡単で魅力のある題のつけ方のうまさに感心し、観てみたいけれど痴漢がいるにきまっている。入れない。いつだったか、瓜生岩子《うりゅういわこ》の記念像のそばに、新聞紙を敷いて坐り込んでいる、すごい過去がいっぱいありそうな風のお婆さんから、「来たな、パンスケ」と、一言浴びせかけられた。いい返したかったが、勝る一言が出てこず、へどもどして通り過ぎた。こういうお婆さんや古着屋のおばさんたちのようでなくては、大手を振ってポルノ映画館には入れない。浅草を歩いていると、未熟者だな、と自分のことを思うのである。

あなたの本（この間出した『遊覧日記』）に出てくる剝製《はくせい》屋を見に蚤《のみ》の市に行ったら、蚤の市の大天幕なんか、どこにもなかった。それから花やしきもずいぶん様子がちがう、といわれた。昨日あったものは今日ない。花やしきが入場無料のころは、通り抜けるだけの男女、ベンチにきて人の悪口をいう年寄りたち、ぶらぶらしている何だかわからない人たちが、いつもいた。入場料百円になったら、その人たちは来なくなった。ぶらぶらの人で「鬼退治」という遊戯機械（球を投げて胸に命中すると鬼がうなる）に、うしろ向きで球を投げて百発百中の腕前の人がいた。あまりの見事さにタダで投げさせているという噂《うわさ》をきいていたが、ついぞ行き会えなかった。名人も入場料百円になってからは、ぱったり姿を現さなくなったらしい。いまは花やしき全体、若い人向きに綺麗《きれい》に模様替され、二百円になり、ひところより若い二人連れや家族連れで賑《にぎ》わうようになった。

　生活がかかっている地元の人たちにとっては、若い人がきてくれる方が嬉《うれ》しいことなのだから、よその町に住んで遊びにだけ行く私が、変わってはイヤ、などと大きな声ではとても言えない。球投げ名人やお婆さんたちは何処《どこ》へ行ったのだろうと、ときどき思い出しているだけだ。

　大黒家で相席となった女二人と男一人が、天丼を食べながら話していた。前には玉の井の方に住んでいたが、浜松に引越して久しぶりにお詣りにきたという姉妹が、「これでもわたし、昔トキワ座に子役で出てたことがあるんです」という声のやさしい、話のうまい地元の男に、なつかしそうに訊《たず》ねていた。「オモカゲ、いまでもあります？」御飯を頬《ほお》ばったまま男は首を振る。「ああ、やっぱり」「眺めってものがなくなりましたね。だけど地形だけは変わりませんからね。雪が降ったりなんかすれば、いきなり昔の景色になったりしますよ」

ここ二、三年前からは、坂や路地などつぶしておしならして地形まで変えてしまう、怖いような大開発が東京でははじまった。麻布谷町の民家が立退いて、アークヒルズが出来上がっていくときは、一村を沈めてダムを作っているような乱暴な感じがした。近くに住んでいたので、その進歩した土木建築技術を、茫然《ぼうぜん》と見ていた。出来上がったときいて、怖《こ》わごわ行ってみたら、国籍不明の一画に変わっていた。ホテルのガラス張りのレストランには、昼下がり、若年中年高年の女たちが充満していた。雪が降っても、夕立がきても、昔の景色がたちあらわれるなどということは、ここにはないだろう。

佐渡大遊覧

両津港《りょうつこう》から、十二時半出発の観光バス（大佐渡スカイラインコース）に乗る。すでに二十人ばかり乗り込んで待っている。私とH（娘）の前の席は五十年配のおばさん四人連れ。いずれも厚化粧、黒皮や白皮や豹模様のコートやジャンパー、並よりは一まわり太った派手なおばさんである。「しかし、あんたら、うどん食べるの早いなぁ」「トキのサト、好きやわあ。も一ぺん見たいわあ」などと、煙草をふかし、感想をのべ合っている。

雛人形みたいな顔の女ガイドが乗り込んできて、これからの行程をざっと説明し終ると発車した。加茂湖を左に国道を走る。薄の原の中に「ホテル日蓮」という看板が見える。大きな家も小さな家も黒エナメルを塗ったような黒い瓦を屋根にのせている。軒下に鶏頭《けいとう》が赤い。「佐渡といえば佐渡おけさ、一つ歌ってごらんにいれましょう」。一同手をたたく。アリャサッサッサッー、運転手の囃《はや》し声にのって、ガイドがハァー、と歌いだした。アリャアリャアリャサァ、運転手は合の手も入れる。ガイドが二番を歌い終ると、白手袋をはめて真正面を向いたまま、運転手がハァー、小木はあ……と続きを歌いだした。二人の歌が終わると、バスは大佐渡スカイラインへ上りはじめる。山の向こうが佐渡金山のある相川町だという。大平高原の休憩所でとまる。紅葉黄葉の全山、遮《さえぎ》るものなく拡がる枯れ色の平野、煙る藍色の海。佐渡の三分の二を、いま見ているのだそうだ。頂上にはものすごい風が吹きまくっていて、よろけながら休憩所に辿りつく。山に上ってきているのは、このバスだけである。「今日で店仕舞です。春まで休み。欲しければいって下さい。何でも安くします。この赤玉石の紐タイ三千円を二千五百円、いかがですか」と、売店のおばさんは言う。今朝六時に家を出、上野発の新幹線の中で駅弁を食べたきり、何も口に入れてない。御飯粒のものはあるかときくと、沢根《さわね》団子なら五箱残っているという。親指の先ほどに丸めた餡入りの白玉団子で、下の沢根という土地の名物だそうだ。買おうか買うまいか、一寸考えているすきに、打揃って便所に出かけていたおばさん四人組が入ってきて、五箱とも買ってしまった。おばさんたちは赤玉石のペンダントも何箱か大ざっぱに摑んで購入した。なに、金山へ行けば御飯粒のもの、きっとあるさ。なにしろ金山なんだから。そう思い直して何も買わずに私はバスへ戻った。

バスが下りはじめる。「皆様。ドーユーのワレトが見えてまいりました」。左手の黄葉の山のまん中がV字に切りとられ、白茶けた絶壁の岩肌に、人一人がかがんで入れる大きさの穴が無数にあいている。道遊の割戸とよんで、昔山師がわれもわれもと崖にとりついて露天掘りをした結果、形が変ってしまった山なのだそうだ。

＊

「ゴールデン佐渡」は、佐渡金山鉱脈西端にある宗太夫坑《そうだゆうこう》（江戸初期、山師宗太夫がこの地区を請けおって掘った、金山中もっとも良質の鉱脈）を史跡として一般公開したもので、坑内には電気仕掛の人形をおいて、江戸時代の鉱石採掘、水替作業の様子を再現して見せている。入場料五百円。琴の音楽とともに、イラッシャイマセ、の挨拶が入口ではくり返されている。首の動く人形。手の動く人形。水の音、トンカチの音、岩にこだまする何かが崩れ落ちる音。休憩所と題のついた場面では、洞穴内に敷いたゴザに寝倒れて休息をとる人足たちが、早ク外ニ出テエガ……。酒ガ飲ミテエ……。アアアア、ナジミノ女ニモ会イテエナア……、と電気仕掛で科白《せりふ》も言う。土産物屋の、盃、コップ、キーホルダー、人形、大黒、小判、灰皿、団扇、ひょうたん、すべて金色に塗ってある。眩しい。坑道から出てきた見物客は夢遊病者の如く飾りケースの間をさまよって、見るだけは見るが、買わない。御飯粒のものはなかった。相川町の海岸に出て、尖閣湾《せんかくわん》水族資料館で休憩。風が強いため海中透視船は欠航。ここの売店にも御飯はなかった。二人はいかの丸焼きを食べてお茶を沢山飲んだ。佐渡おけさの踊り方ハンカチが三百円。三十秒ぐらい考えて、買わない。

七浦海岸と長手岬へ向ってバスは走る。逆光の西陽に真黒く見える岩礁の間へ、もみ上げ押し上げて行ってはサイダーの泡のように散る波。「この辺りは水平線に入る太陽の景観が見事であり、ひょっとすると今日はそれが拝めるかもしれません。では再び、ドライバーによる相川音頭を。……ハイハイハイハイ」ガイドに囃され、西陽をうけて赤い頸すじの運転手が上気した声で歌いはじめる。〽ドット笑ウテ立ツ浪風ノ、荒キオリフシ義経公ハ、イカガシツラン弓取リ落シ……。

「皆さまあの岩は何に見えますでしょうか。猫。ハイ、猫岩と申します。背を丸め海の魚を狙う姿でございます」。バスが走り出すと窓外の景色は殆んど見ないで、いっせいに眠りに入るおばさん四人組はパッと眼をさまし、「何やて？　猫の形？　わあわあホンマやあ」と騒ぐ。そして、すぐまた眠りに入り、次の入江でのガイドの声に「弁天さんやて？　夫婦岩やて？　わあわあホンマやあ」と騒ぎ、また眠る。おばさんたちが、いかにバス旅行の熟練者《プロ》であるかがよく分った。

終点、長手岬に着くと、「お客さん、中においしい純金茶があります。飲んでって下さい」と肥った娘が風の中を駈け寄ってきて言う。名勝長手岬の碑の前に直立して記念写真をとる。「トキの巣ごもり」「金山小判焼」「金粉羊かん」皇太子妃御買上げの札のついた「トキ物語」などの菓子類を売っているが、買わない。相川町の海岸の旅館二軒に、それぞれ客を降し、バスは私ら二人だけ乗せて中山峠をとぶように越え、佐和田町八幡温泉の旅館まで送ってくれる。

*

松林の中のＹ館。四階の部屋に入ってカーテンをひらいたとき、沈みきる一瞬前の太陽が真正面の水平線に枇杷《びわ》の一切れのようにみえた。

晩御飯（橘の間という別室にて）。魚汁鍋。刺身。いかそうめん。かに。天ぷら。茶わんむし。野菜そのほか。

こういうふんい気、何というのかしら。桃山風というのかしらねえ。あんまり豪華なので、向い合った二人は嬉しくて笑いだす。笑いながら食べる。以後、眠るまで、豪華な便所に行っては笑い、豪華な床の間を見ては笑い、笑いがとまらない。

八時からフィリピンバンドのショー、八時半から民謡ショーを、地下一階のおけさホールに観に行った。

二日目。六時半。凪《な》いだ海の中に三枚もり上って現われた白波が、五枚になり、また三枚になり、長々とした一枚になり、浜へ近づいてくる。松原にようやく陽があたってくる。Hは窓ぎわに端座し、「よーく見とかなくちゃ。もったいなくて」と真面目な顔になっている。

朝御飯（七階の食堂）。さば干物。味噌汁。ハムと卵。サラダ。海苔。果物。「御飯おいしいでしょう。コシヒカリです」。客はまばら。十一月三日をさかいに、春までは観光のお客さんは少なくなる、と給仕の女中さんが言う。隣りのテーブルの男たちは朝鮮の材木の話をしていた。

午前中、佐和田五十里《いかり》にある青野季吉《すえきち》先生の碑と本興寺の心中塚を訪ねたあと、相川の町を歩いた。見通しのきく幅のせまい道は乾いて片側半分に秋の陽が深く射している。軒下に並べた大輪の菊の鉢、ゴザの上に干してある豆さや箒《ほうき》草《ぐさ》。「塩いかあります」「甘汐するめ一夜干しするめ直売」「いびきの薬入荷」の硝子戸の貼紙。昼近いのに日蔭の店も日なたの店もカーテンをひいて人影がない。ところどころの羽目板に貼ってある『すぐです天国』の導道ビラ。動いてみえるものは床屋の斜縞のマークと煙草屋の赤い旗。右女湯、左男湯、本日お風呂ありますの札を出した三等郵便局のように小さな銭湯を一本道で三軒見た。細い浅い川が何本か流れていて、石の橋がいくつもかかっていた。陽があたる橋には長い紐で犬がつながれて陽なたぼっこしていた。どの犬も肉づき毛並がよく、頭をなでると畏《かしこ》まって足踏みして喜んだ。

夕方に小木の旅館へ着けばいいのだから、小木へ向かう道の途中で、どこかいいところがあったらつれてって下さい、と午後になって頼んだタクシーに言うと、運転手は、朱鷺《とき》の郷と真野御陵はどうか、佐渡博物館にも朱鷺の郷にもトキの剥製が入口に置いてあるが、建物とか中にあるものは、朱鷺の郷の方がずっと上だ、と言った。

『朱鷺の郷』入場料五百円。トキと石地蔵と順徳上皇と日蓮上人と流人がここの主役。入口のトキの剥製を眺めていると、「ここには三羽のみ、と書いてあるが、一羽は中国から借りてきているの。オスを借りてきてるからダメ。今度はメスを借りてこなきゃダメ。両方借りてこなきゃダメ。だって佐渡のトキは八十だもの」と運転手が教えてくれる。「順徳さんは独身だったというけれども、この島で三人子供が出来たね。ふたり女で、ひとり男。母親の名は隠してある。女は尼に、男は早死に。皆、この島で死んだんでしょうね。たんぼのそばに松がある。べつに何でもない場所にお姫様の墓があるよ」

　シマテルヒメにタマシマヒメ、ナルシマシンノウ、三人の子供の名は、皆、島という字が入っている。

　真野御陵のまわりは畑と林で、三軒ばかりある土産物屋には、内臓みたいにてらてらした大小の赤玉石があった。吊し放しの売れないおけさ人形の風鈴が、畑を吹いてくる風に鳴りつづけていた。畑の間を歩いて行って御陵の玉垣までできたとき参拝を終えた老人夫婦が咳をしながら出てくるのにすれちがった。「昔って、どこもこんな風に静かだったんでしょ？　東京も」Hが畑の道を戻りながら言う。

「もう誰もいなくなってしまったねえ」土産物屋の前で待っていた運転手は辺りをみまわしてそう言い、車を出した。「ここを下って真野の町をはずれたら小木までは信号が一つもない。車めったに通らないからね。走り放しで行けるよ。さっき御陵でおじいさんに会わなかった？　お婆さんつれた。あのおじいさんは大阪の人で一週間前に佐渡にきて、あんまりいいところなので、大急ぎで戻って奥さんをつれてき直したんだって。そんなにいいところかねえ」

＊

夕闇の中に黄ばんだ蛍光灯が灯っている平べったい家へ、つっこむように車がとまった。入口につながれている雑種の大きな白犬の頭をなでるとちぎれるように尾を振る。やっと玄関に出てきた毛糸のチョッキの丈夫そうなお婆さんが無表情無言で板廊下を東端の部屋へ案内する。毛糸のチョッキを着た別の丈夫そうなお婆さんが、食事の用意が出来たとよびにくる。

晩御飯。

鍋。さざえ。刺身。貝。かに。切身照焼。いかそうめん。いかそうめんだけおいしい。

二十四時間入れるという温泉風呂は、近所の人も二百五十円持って入りにくる。泊り客は私たちのほかには若いおとなしそうな男が一人らしい。その男は背広にネクタイしめてお風呂にやってきて、お風呂から出てきたときも背広にネクタイしめていたので、外から二百五十円で入りにきた人かと思っていたら、そうではなく、帳場でビールを一本買ったのち、「おばさん、明日は七時半に起して下さい」と頼んでいた。

部屋のＴＶは百円入れると六十分つく仕掛。六十分経つとすーっと消える。また百円入れる。途中で消すと新しく百円入れなくてはつかない。だからつけ放して見ている。白いワンピースの女が川ふちにいる。（誰とかと誰とかの恋もこの渓流のように激しく清らかなものだったでしょう）と男の声が語る。証券会社のＣＭ、佐渡のＴＶのＣＭを見ている。こたつに入っていても寒いから石油ストーブもつける。

「順徳上皇は小木のカイチョー寺ってところにもきたんだって」Ｈが観光案内をひろげてみつける。「ヒマだったから遊びにきたんだね」。二十四歳で流されてきた順徳上皇は四十六歳で自ら食を断って崩御した。「カイチョー寺で桜を植えたんだって。見たい？」「桜咲いてないから見なくていい」「佐渡ってところは犬が可愛いですね」「相川にも佐和田にも町の中にずいぶん犬がいた。おっとりしてて吠えない」「飼い方がいいんですよ。佐渡の人のものの言い方、西国なまりがあって静かだもの」「ここの犬、ソクって名前らしいよ。ソクちゃんソクちゃんてよんでたから」

深夜、眼がさめ、音をたてないようにスリッパを踏みしめて暗い廊下を西の端の便所へ行った。手を洗っているとき、ふと戦争中の軍需工場を思いだす。

三日目。明け方、風邪をひいていた。

朝御飯。椎茸の煮たの、まずい。

宿根木まで頼んだタクシーがくるまでソクちゃんと遊んでくるといって出て行ったHが、犬に咬《か》まれたと、絆創膏をまいた左手を抱えてぼんやり戻ってきた。

海が一望の丘の上でタクシーを降りる。岩屋山十三坂宿根木《しゆくねぎ》海岸近道——矢印のある急坂を下って行くと、腰板に舟板を張った小さな家が、肩を寄せ合うように建っている。家の前には川（用水路）が流れ、一軒々々にかけてある石橋を一つ一つ渡っては、お婆さんが新聞を配達していた。

軒下の飾りが珍らしい家をみつけHは写真をとった。家の横手にまわると「NHK新日本紀行により紹介された……」と、つるつるした板の立札が、きちんと立ててあった。

バス停留所前の海岸の岩場には、タライ舟が乾ききって置き放してある。シャッターのおりた食堂（夏場の海の家らしい）の脇の自動販売機からウーロン茶を出して飲む。うしろ足をひきずる白猫がきた。あんこの菓子一つやる。食べた。二つめやる。食べる。三つめ、食べ残し、うしろ向きになって全部吐いた。

「いいもんみつけたと思うと、ＮＨＫの『新日本紀行』か『関東甲信越小さな旅』がちゃんとやっちゃってるんですよね」「ＮＨＫはチベットも南極も世界中行ってないところはないですからね」

「矢《や》島《じま》経《きょう》島《じま》もこんなところでしょうねえ。何だか、もう行った気になってしまいましたよ」

「そうですね。あたしは磨崖仏《まがいぶつ》も見たような気がしてきました」

民族資料館に入って電話を借り、タクシーを両津の港まで頼んだ。両津近く、左手に加茂湖が見えてくるころ、Ｈの左手が紫色のボールのようにはれあがってきた。

「ソクちゃんの本名はソクラテスだって。驚いたなあ」鬼の手でも見るように自分の手を眺めながら、ぼんやり言った。

成田で

着替えもすませたころ、「今日乗る予定は変らないね」と、ドイツのOから電話あり。「さすがはO叔父さんですね。おかあさんのことだから、今日になって行くのいやになったなどと言いだして止めにするんじゃないかと心配になったんでしょうね。家を出る直前の時刻を見計らって、というところが、何だかおかしいような、ありがたいような」と娘は笑った。タクシー、箱崎まで三千円ちょっと。手続きを済ませて成田までバス。途中で日没となる。飛行場が見えてくると、バスは音楽を流す。オードリイ・ヘップバーン主演の昔の映画主題歌。すると足の裏がむずがゆくなり、わくわくした心地がしてきた。くすぐったさは次第に上昇して、膝のあたりまでは、もう日本にいない感じ。国籍が薄まって、何国人でもなくなってきている感じ。そう言うと、「その、国籍が薄まるということは、つまり国際人になったということですね」と見送人の娘は言う。そして、窓の外を見ながら、「K（ひと頃人気のあった流行歌手）の車のトランク殺人事件は、羽田だったかな、成田だったかな。飛行場に車がとまってる景色みると思い出すなあ」と呟いた。

空港の食堂で、私かにピラフ、見送人ハンバーグ醤油味を注文する。二人ともあまり話すことがない。勘定を済ませると財布の中の日本金を見送人に渡す。見送人お金をしまい込みながら言う。「葉書をね、毎日書いて出して下さい。そうすれば、あたしも行ってる気持になるから。一人行っても二人行ったようになってトクだから」ロビーの片隅に腰かけて出発時間を待つ。遠く黒々と連なったり離れたりして見える木立。滑走路に点滅する緑や赤の灯り。誘導の合図にしたがって、翅《はね》を傷めた巨大な蛾のように厚ぼったい翼と横腹を見せて這いまわっていた飛行機が、定位置につくと尾を立直し、満身に力をこめていきなり飛び立って行く。残照がかすかに流れる空の奥にチカッと光ったものが、蛍の光の大きさになり、光りくらげの大きさになり、みるみる飛行機の形となって降りてくる。

見送人が飴を買ってきて私に一箱くれる。くれながら、「鼻水が出てますよ。鼻毛も」と注意する。時間がきて税関を通る。見送人手前までついてきて片手を振る。「明日の朝はドイツね。何だかウソみたいね」と言う。私、頭がどうかしたのじゃないだろうか。たった一ヶ月ばかりの旅行に出るというのに、泣きそうになる。

切符自動販売機

朝九時、黄ばんだ蛍光灯がどんよりと灯る西ベルリンＺＯＯ（動物園）駅。壁にも通路にも、べとべとした黒いものが滲み出ていて、大きな紙屑が散乱している。その通路にトランクを二つ置いて途方にくれたように佇んでいるトルコ人の老夫婦。誰彼となくすり寄っていって、桃色の手のひらをつき出してねだる黒人。吐いたげろの上に顔をつっ伏して寝倒れているアル中の金髪男。

ここから高架電車に乗り、一つ、二つ、三つ目の駅までは西ベルリンのうち、それから河とベルリンの壁を越えて、四つ目の駅に着く。東ベルリン、フリードリヒ駅である。駅にある検問所で検問料を払い、二十五マルクを東独マルクに両替する。

「東へ入ったら駅と橋は撮《うつ》しちゃいけないぜ」と案内係のＯ（弟）が言う。商社の駐在員として西独の町に住むＯの家に、この夏一ケ月余り滞在して、あちこちの町の動物園や植物園やサーカス（これらは言葉がわからなくても楽しめる）を見物してまわった。最後にベルリンという都を、ひとめ見てから日本に帰りたいという私をつれてきてくれたのである。折角、東ベルリンまできたのだから、ポツダムへ行ってみるか、会談の行われた場所は博物館になってるけれど、とＯは駅のそばのホテルの、そういった業務を受付けている窓口へ行って、ポツダムへ入るビザを申請しようとしたが、ビザは二時間ぐらいでおりるが、ポツダムへ行くことは一泊しなければ許可しない、と窓口の金髪美女にいわれる。どういう訳でそうなるのか、さっぱりわからないが、一泊する日時の余裕がないので諦めた。この国じゃ、行きたいところを自由に歩きまわったりするのは悪いこととされているのさ、とＯは言った。

ホテルの外のテラス喫茶店でビールを飲んでいると、西の空に黒雲がひろがったかと思うと、辺り一帯の花壇の花が一斉にちぎれんばかり揺れ、広い通りの向こうから一陣の風が黄塵を押しながらやってきて、ホテルの前で小竜巻となった。テラスに屯《たむろ》していた若い男女は便所にでも逃げこんだのか姿を消し、売店の男女もいなくなってしまう。

　昼食後、ペルガモン博物館やブランデンブルク門など、有名な場所へ行った。さっきの風で、並木の菩提樹の葉が小枝ごと散り、いま満開の花の匂いが激しかった。人通りが殆どなく、小さな声でしゃべっても笑っても、乾いた音となって辺りに響いた。壮麗な大寺院の修復工事現場に、たった一人、職人がゆったりと手足を動かしているのが遠くに見えた。

夕暮れ、フリードリヒ駅に戻り、再び検問所を通る。パスポートを見せる。次に両替の用紙を見せる。次に正式の検査（パスポート写真と本人の顔を見比べる）。それが済むと、自動販売機でＺＯＯ駅までの切符を買う、――という順番になっているのだが、この自動販売機にお金を入れても切符が出てこないのだ。お金が戻ってくる。隣の機械も出ない。その隣のも出ない。トルコ人がやってきて入れたが出ない。トルコ人はきょろきょろして売店の人に訊いているが、売店の人は知らん顔している。もう一人、男がやってきて入れたが、その男のも出ない。男の連れらしい子供を抱いた女がきて、二人でやっても出ない。そのうちに電車がきてしまったので、そこに溜っていた十人ばかりは、皆あわてて乗ってしまった。

「この駅はいつも出ないんだ。俺は東ベルリンからの帰りは、いつもタダで乗ってくる」ときどき商用で東にくるＯは面白がって言う。「売店の人ばかりでなく駅員も、そのことについて相談や質問されては困るらしい。駅員なんか眼をそらすよ。切符のことは訊いちゃイヤ、という態度だ。で、客はどうしたらいいか分からないうちに電車がきてしまうので、不審そうな顔したまま乗ってしまう。俺ばかりじゃない、皆タダで乗ってるらしい。俺が思うには、フリードリヒ駅の場合は、恐らく自動販売機がこわれているのではなく、切符が入ってないんだ、きっと。切符の生産が間に合わないことがわかってしまう方が、具合わるくイヤなことなんじゃないか。それに、もし機械の方がこわれているとしたって、修理するのは面倒だし、余計なこと言わないでおくれ、といった気持だろう。ホームのトンネルのようになってるところに、おまわりさんが立ってるので、怖いから皆切符買おうと必死になるが、あのおまわりさんは、いつもあすこにぶらぶらしてるだけで、切符のこと一度だって訊問したことなんかないのさ」

電車が走りだしてしばらくの間、隣の四人のドイツ人男女が、一マルクがどうした、二マルクがどうしたこうしたと、不安そうに切符について話し合っていたが、河をわたりベルリンの壁を過ぎたとたん、朗らかになり、歌など歌い出した。

朝、ＺＯＯ駅前の広場には、並んで脚を投げだしている浮浪者らしい男と女に、大きな赤犬がぴったりと寄り添い、二人と一匹で何かわけ合って食べていた。少し離れたところに帽子を置き跪《ひざまず》いて、敷石に何色もの蠟石《ろうせき》を使って絵を描きはじめている男がいた。夜、ネオンのまばゆいＺＯＯ駅広場に戻ってくると、寝台に横たわっている（ひげの生えた聖者風の）老人の実物大の絵が、ほとんど出来上がりかけていた。男は朝と同じ姿勢で、寝台の脚の部分を塗り埋めていた。帽子にお金が少したまっていた。浮浪者の男女も朝と同じ場所に並んで、赤犬も一緒に眠りこけていた。左手の動物園の囲いの奥で、オンオンと動物の吠える声がしていた。

還暦旅行

弟のOが駐在員として暮している西独の町で一ヶ月余りの夏を過してみようと私はやってきた。還暦を迎えた自分を自分で祝ってやろうと思って。成田空港まで送ってきたH（娘）は、出発まぎわ、緊張のあまり顔に力が入ってつったっている私に向かって、「鼻水が出てますよ。鼻毛も。葉書を書いて下さい。そうすると、わたしも行ってる気になるから。一人で二人行ったようでトクだから」と手を振った。なるほど、と私は毎日走り書きして投函した。

「O氏の家の一階の住人は金持と離婚した中年のドイツ婦人で、十五、六の男女二人の子供と暮しています。一階と庭はこの人が使い、二階三階をO家が使用。一階のその奥さんは刈り上げの金髪、体格がいいので、庭の芝生で日光浴しているのをはじめて見たとき、男かと思いました。晴れた日、奥さんは半パンツ半裸の姿で庭の手入、日光浴、芝生にアイロン台を出してアイロンかけ、陽が落ちると早々とねてしまいます。ハゲの愛人がいて、昨日は遊びにきていました。家の前にとめてあるハシゴを積んだ車がそうらしい。一から十までの数と市電の乗り方を覚えました。路線とそこを走る車輌の番号がのっている地図を持って市電に乗れば、何とかどこへでも行けそうです。この辺の地名や駅名はなかなか覚えられないから（鉄のかたまりみたいな名前が多い）、運転手に地図を見せて目的の場所を指で押え、運転手が肯《うなず》けば、その電車に乗るのです。そうやって、東京でいえば日本橋のような区域に両替に出かけました。ライン河に架かる橋を市電で渡るとき、河原の草原に赤と青のだんだら縞《じま》の大天幕《だいテント》と、それを取り巻く幾つもの小天幕が見えました。サーカスがきているのです!! 天幕のすぐそばには羊の大群がうつむいて草を食べていました。（この羊はサーカスの羊ではなく、ずっと川下の方から草を食べながら河原を上ってくるのだそうです。そうして次第に移動してきてO氏の家の前の草原にもやってきて草を食べるそうです。晩ごはんのときの話）

毎晩、ごはんのあとに『明日ナントカカントカに行ってくれば』とO氏はいいます。そしてRさん（O氏の奥さん）に『そうやってヒトをふりまわそうとしないの。御自分にあったペースでやっていらっしゃるのだから』とたしなめられています。O氏は

『ネアンデルタールの遺跡というのがこの近くにあって、日本から人がくると、ここにたいてい連れてく。だから駐在員は何度もここに行くから、うんざりしてる。何度も行くからではなく、ここが少しも面白くないところだからだ。××さんはここの悪口を俺と言っていたが、翌日客を連れてここに行くと、××さんも客を連れてきていた。やあ、またきました。ちっとも面白くないところですなあ、と××のやつ、客を前にして平気で言ってるのさ……。そこにでも行ってみるかな』などとも言ってくれました。『植物園も面白いんだよ、ヒトの顔した花や虫をとる花なんかいて』と、遺跡には興味のないタチだから辞退しました。するとO氏は、虫なんかも好きかね、この辺はクモが多いから通信販売でクモとり道具というのを売ってるんだ。それを買ってあるから見せたい、と言ってクモとり道具を見せてくれました。三階の私の部屋の窓の外には、毎晩十匹ぐらい大きなクモが糸を長く垂らした先にぶら下がります。部屋の中にも三匹ばかり」

「昨夜《ゆうべ》は、晩ごはんが終わってから三人で河原のサーカスに行きました。入りは半分位。西部劇スタイルで衣裳も粗末、道化は矢鱈《やたら》と相棒を蹴とばすだけで一向に盛り上ってこないのでした。演出が古臭く陰気なのです。しかし動物の芸は一流のサーカスに負けませんでした。真白な馬が十五頭、大きいのから小さいのまで背の順に並んで狭い円形の舞台をまるで荒野を走るかのように全速力をあげて走りつづけてくれたのには涙ぐみました」

「毎日、朝ごはんが済むと、地図とO家の住所電話番号を書きとめた紙を忘れずに肩掛鞄に入れ、動物園や植物園やお城に向って出かけ、夕方、家に帰ってきます。今日も市電に乗ってクレフェルドという町に行きました。動物園は分り易い。囲みの木立の中から動物の匂いが漂ってくるから。顔が馬で、角が牛で、肢《あし》が馬で、お腹《なか》が牛の、焦茶色の動物が一頭、木柵をまわしたダダ広い泥んこのまん中に途方にくれたように佇《た》っていました。しばらく見ていても全く動かず、帰りがけにもう一度見に行っても、じっと同じ場所に佇っていました。まひるどきの植物園は草も木もうなだれて水鳥の声がときどきするだけ。見物人はトルコ人夫婦と私だけ。あとは遠くに園丁《えんてい》の大男が三人、スキや鍬《くわ》を持って働いているのが見え隠れしているだけ。水蓮《すいれん》の咲く池の畔《ほと》りのベンチに腰かけていると、金色の花房を総身に垂らした背後の大樹から、頭や肩に絶えまなく花びらや蕊《しべ》が落ちてきて、そのうちに眠ってしまいました。目がさめたら閉園時間でした」

「今日あたりが夏至《げし》。一番日が長いのではないかな。夕方、サーカス団の天幕《テント》が見下せる土手に腰かけて、買ってきたサクランボを食べ箱牛乳を飲みました。動物と草の匂いを含んだ川風に吹かれながら。私のほかには、大きな丸い背中のトルコ人夫婦と南米の人らしい男二人が腰かけていました。男の一人はどこか悪いらしく白い泡のようなものをときどき吐いていました。大天幕の中から拍手が起り、ムチの音とスペイン風の音楽が聞えてきました。大天幕とまわりの小天幕の間の草地ではさかりのついた黒い犬が二匹駈《か》けまわり、子供が玉乗りのけいこをしていました。看板を塗り直している二人の男。肥った女が金だらいで赤ん坊にお湯をつかわせたあと、そのお湯で洗濯していました。藁を満載したトラックのそばの水色の天幕には象がいるらしい。風が強く渡ってゆくとき、天幕という天幕がふくらみ、すき間から虎の縞がちらっと見えたりします。拍手が再び大天幕で起り芸当を終えた白い馬たちが、赤い軍服の少年や黒人につれられて自分の小天幕へ帰って行きました。馬も人も首を落とし、魂がぬけたように静かに歩いていました。帽子をなくしたのに、いま気がつきました。土手に忘れてきたのです」

「O氏は晩ごはんのあと、腕に巻く財布だの、濡れても平気のコルク製名刺入、携帯ズボン用アイロンなどの通信販売や大道売りの品物から、一輪ざしや人形、鞄などの高級品まで自分が買ったものを見せ、あれ買えば、これ買えば、とすすめます。今夜は『おれの水牛の鞄見た？ 見たい？ 見せてやりたい』と私が返事もしないうちに一人で肯《うなず》き、しまい込んで一度も使ってないらしい肩掛鞄を出してきて、『東京へ帰ったら定年までまた満員電車で通うんだから、これ肩からさげて乗るんだ』と見せてくれました。四万円した、としばらく撫でさすり、匂いなど嗅いでから、『水牛は可哀そうだな、何だか……。水牛の一生って、ずーっと水の中に浸ってるだけで、あまりいいことなかったようだもんな。揚句《あげく》の果てに鞄になってさ』と言いました。珍しく今日は夕立。近くのフランクフルトでは竜巻がありました」

「昨日、この町は猛暑でした。今日は少し涼しかった。国境の町スイスのバーゼルに三人できています。O氏は会社を休みました。今朝六時のホテルの窓からの景色。茜の空に巨大な鰻のような雲が三本、左の方に白くなった丸い月。老人が一人、大きなトランクを軽々と提げ、昂然《こうぜん》とした姿勢で車も人影もない道路を横断してゆきました。こっちの老人は皆、丈夫そう。顔はしわくちゃでも体格がよくて、自分一人でせっせと何かやってる。こないだ、食堂の入口で老婆が丸太ん棒のようにばったり倒れ、うつ伏せの顔の下から血が流れ出てきました。まわりの人も本人も騒がない。鼻血ぐらい出しても平気ね。ここの動物園はホテルから歩いてすぐでした。いまは子が生れた時期で、ほとんどの動物がヒナをつれたり抱えたりしていました。出来るだけ自然に近い環境で、さり気なく飼っている感じ。犀《さい》などもすぐそばで仰ぎ見、肛門と尻尾のうまい出来具合に、すっかり感じ入りました。じゃれかかる猿の相手をしながら、猿山の糞をへぎ落し、たわしとホースで叮嚀《ていねい》に洗っている大男の飼育係をじっと眺めていたO氏が、『あーゆー人の奥さんはどーゆー気持かなあ』と言ったので、『ボーダー』という映画の話（アメリカの警官が、派手好みの女房《にょうぼう》のためにローンが嵩《かさ》み、メキシコ国境の警備官となって都落ちする筋。ジャック・ニコルスン扮《ふん》する真面目《まじめ》なそのお巡《まわ》りさんが、ある晩お酒を飲んで、女房に聞えるような聞えないような声で、本当は公園のアヒルの飼育係になりたかったんだ、と呟やく）をしてやりました。しかし、O氏は猿山の方に気をとられてろくろく聞いていなかったようでした。動物園に入るとO氏は途端に活気づき饒舌《じょうぜつ》になり独り言を呟やいたりします。いつもは私をねえさんとよんでいるのに、ねえちゃんなどといって。やあ、こいつはこんなこと滅多にやってくれないんだぜ、嬉しいじゃあねえか。とか、何でこんなものに生れちゃったのかなあ。寝たままおしっこしてらあ、などと口調も町のあんちゃん風となってはしゃぎます。私へのサービスもあるのでしょうが。三十数年昔、あんたをつれてO氏の下宿を訪ね、近くの上野動物園へ行ったことを思い出しました。大きなでんでん虫だねえ、と深く溜息《ためいき》ついてアシカに見惚《みと》れているあんたを見て『ねえちゃんて子供に何にも教えねえのか。名前ぐらい教えてやれよ。何だかな、かわいそうだ』とO氏は憤慨しました」

「いまごろ、このように晴天が続くのは、この辺では珍しく、近年にない最高のいい夏がきているのだそうです。今日町を歩いていて、柳に似た葉が黄ばんで散り、踏まれておが屑のように道路のはしに吹き溜っているのを見かけました。ふいに秋が来るのかもしれない。昨日は晩ごはんのあと、女ばかりのサーカスを観《み》に行きました。帰りは夜十二時位でした。西部劇サーカスはもう天幕をたたんで移動しました。この頃私はまわりがドイツ語でしゃべっていることに何の不思議も違和感もありません。だからドイツ語で話しかけられても、平気で日本語で自分勝手なことを返事してます。こんな具合になると、たいてい旅は終りね」

Ⅲ　食べる

ばんめし

記憶の底を望遠鏡で覗いてみる。育った家の茶の間を覗いてみる。ピンポン台より一寸小さめの食卓に、父、兄二人、私、弟二人、家事をとりしきる遠縁の老婆が坐っている。母は私が七歳のとき病死した。父と上の兄が、ばんごはんどきに帰っていることは稀《ま》れだった。弟たちは食卓のとがった角に坊主頭や頬骨をぶつけて、よく泣いたので、父は鋸《のこぎり》を持ち出して角を切り落した。すると角の数が増したので、ぶつける回数も多くなった。父は綿のつまった三角ぶとんを作って、腹立たし気に四隅に釘でうちつけた。

味噌汁、コップの水、牛乳、かき玉つゆ、子供って、何であんなにあっけなくこぼすのだろう。あっと走って、ふきんがくる前に、四隅のいずれかの三角ぶとんに沁み込む。やがて醱酵《はっこう》する。ばんごはん、ことにすき焼のときなど、じぶじぶ煮えつまる音と匂いと、たまにいる父とに緊張して、代る代る盛大にこぼした。縮れ丸まって震える肉片がほんの少し混じった汁を、ごはんにたっぷりかけてもらう、その茶碗をうけとりながら、もうとり落している。山の手風小綺麗な奥様である姉が、ときどき遊びにきて「へんな匂い。それに暗くてうっとうしい。よくこんな部屋でごはんが食べられること」茶の間へ足を入れず、縁側の柱に寄りかかって言った。暗くてうっとうしいのは、軒にかかる古い藤棚のせいだった。——

いま、私は娘と二人暮しである。下の弟がくるというので、久しぶりにすき焼をした。弟は娘への結婚祝のオーブントースターを抱えてやってきた。鳥肌立って磨硝子《すりがらす》色に茹で上った銀杏大根の山盛りを見て「や、大根がある。俺、これ、子供のときから好きだったんだ」と燥《はしゃ》いでみせた。「いくら言っても女房のやつ、そんなすき焼、きいたことないって、入れないなあ。俺んちはもやし入れるよ」「大根は邪道よ、きっと。あたしもお姑さんにイナカモンていわれたもの。でも、うまいものはうまいからね、平気で入れてた」

いつになく、子供のころの話ばかり出て、遅くになった。弟が、わざわざ、そうし向けているように思えた。こんろの火は、とっくに落した。眠たそうに控える娘へ膝を向けると「ねえ、——ちゃん。俺、この人の癖、わかってるんだ。あんたたち夫婦に会うまい会うまいとして暮す人よ。別に住んだら、精出してばんめし食べにやってきてくれないか」と低声で弟は言った。そろそろ帰るかな、と呟《つぶや》いて急に立ち上った。

豆餅

　空が真っ青に晴れわたる。いつも閉まっているお屋敷の表門が、頼んだみたいに開かれていて、玄関までの長い植え込みに、赤いカンナが咲いている。茫然《ぼうぜん》と見ている。デパートの男物下着売り場の冬物メリヤスパンツ、くにゃくにゃと沢山ある。茫然と見ている。夫（泰淳）が死に、この秋で三年だ。

　夫はもの書きであったゆえ、家にたれこもって、原稿用紙を前にして座ってばかりいた。しかし、一人留守居をすることはきらいだったから、用足しに出る私は、大急ぎで行き、大急ぎで帰ってきた。「区役所まで出かけます。何か買ってきて欲しい？」煙草《たばこ》の煙の向こうで、指二本、眼鏡の下から差し入れて、眼蓋《まぶた》をしわしわもみながら、たいてい「豆餅《まめもち》　三枚」と、夫はいう。

　薄黒く湿っぽい両手の指全部を、やもりの指みたいに広げたり、しわめたりして、不器用に豆餅をひきのばし、ちぎり、口に押し込み、ねぶり、のみ下した。ほうじ茶を音立ててすする。着物の脇《わき》で指をこする。「さて、ご勉強」そういって立ち上がる。
「粉がくっついてる。可哀そうな助平のおじさんみたいに」自分の右の口の端を押えて私がいう。左の口の端をこすって、夫は二階へ上がって行く。

まだ暑い日もある、秋になった和菓子屋。切りたての豆餅が、三角の頭をそろえて、くんにゃりと並んでいる。水羊かんを包んでもらう間、茫然と見ている。

マスカット

その年（昭和五十一年）の秋に入ってから夫はだるさを訴えた。手術も詮《せん》ない悪性肝臓腫瘍《しゅよう》と判って九月下旬に入院した。病名を夫にはいわなかった。一階のほの暗い病室に入った日も次の日も、夜遅くまで祭り囃子《ばやし》の音が遠くでしていた。病人はうつらうつら眠った。巡回看護婦が「武田さん」と声かけると「ハイ」と眼をあけた。入れ歯を外していたから「アーイ」と聞こえた。

三日目、葡萄《ぶどう》の箱を持って大岡昇平さん御夫妻がみえた。点滴の器具をつけた病人は実に恥ずかしそうに笑った。椅子《いす》を近寄せた大岡さんに向かって口を動かしたが声にならない。きき直そうとする私を制止して「わかった。わかった」と大岡さんは大きな声で病人へ肯《うなず》かれた。病人はもう一度恥ずかしそうに笑った。その夜、三階へ移った。四日目。サンルームのように明るい室の寝台からは、東京タワーと高い空が見える。「何か食べたい？」ときくと「大岡のぶどう」という。皮をむいて半分にちぎって口の端から滑らせて入れると、ほっぺたを伸び縮みさせ含んでいてから、ごっくんと喉を鳴らした。口を開け舌をてらてらさせて催促した。

「……大岡の野郎、ぶどうなんぞ持って見舞いにきやがって……アンチクショウ……」酔って御機嫌《ごきげん》のときの東京弁でつぶやいた。毎日、そんな風に葡萄を食べた。

四、五日すると何も食べたがらなくなった。昏々《こんこん》と眠り、醒《さ》めると私の顔を見て笑い「すこうし眠い」と告げて、また眠った。週末が峠だと医師が私をよんでいった。

買い食い

二つ三つのころ、子守が食べさせてくれた三角アイスにあたった。次の早朝、チョコレート色のどろりとしたものを吐き、入院した。命拾いしてからは虚弱児となった。ほかの子供と同じものを食べているのに一人だけ吐いて、たちまち重体に陥ってしまう。ことに卵で作ったものがいけなかったそうだ。死なれては困る、と小学校へ上がる前位まで、男の子の格好をさせて、親は育てたのだ（そうだ）。そのころの写真を一枚だけ見たことがある。クリクリ坊主の大きな頭、水兵服の男の子が、母親にぐんなりもたれて、人さし指で鼻なんかほじっている。

三角アイス屋は、自転車のうしろに小旗をたてて、チリンチリンやってきた。男の太い指ほどの逆三角の牡丹《ぼたん》色のいれものに、真黄色いアイスクリームを一なすり、よそってくれる。その真黄色さが毒、卵が腐っているのだ、日ごろいいきかされている私は、皆がなめているのをながめるだけ。

小学三、四年のころ、金魚すくいがはじまりで止まらなくなり、家に内証で盛大に徹底的に買い食いにうちこんだ。小さな蟇口《がまぐち》なんかはまどろっこしくて、貯金箱を抱えこんで出かけた。簞笥《たんす》の形の貯金箱だった。駄菓子《だがし》屋の四角い硝子《がらす》箱の中の、甘辛く煮つまってぬれているするめは、のみこむとき喉《のど》にはりついて、けえっとなった。ニッキ。ソース煎餅《せんべい》。揚げ玉の入った炒《いた》めキャベツ。食べたものを吐く癖が、そのころからなくなった。

朝御飯

小学生、九月一日の朝、朝御飯のときは悲しい。八月のはじめから、時々刻々、近づいていた夏休みの終わりは、遂に昨日ちゃんとやってきた。今朝はもう、はっきりと夏休みではない。なのに庭では朝顔なんか、夏休みと同じに、同じよりも大輪に咲いている。蟬《せみ》も同じ調子で鳴いている。御飯をほお張ったまま、理解されない悲しみみたいなものに、うっと泣きそうである。大根の味噌汁《みそしる》を御飯にかけてみても、ずずずずと御飯の間からぬけてくる味噌汁だけを吸っているばかりである。

校長先生は始業式の話の終わりに、今日が関東大震災の日であることをつけ加えた。教室に入ると、受け持ちの先生が校長先生の話に似た話をした。それから、悲しい出来事として、夏休みに死んでしまった同級生のことを話した。河にはまって死んだ生徒もあったが、たいていは赤痢《せきり》かチフスか日射病だった。それから、先生は転校生を紹介する。さっき教室に入ったときから、来ていない生徒の席に腰かけていた知らない子供が出て行って、先生と並んで、皆と礼を交した。

家に帰ると昼御飯だった。長火鉢《ながひばち》に網をかけて焼いてもらう三角の油揚げ。じぶじぶ油が浮き出てきて煙になる。そのあと油揚げは粉をふいたように白っぽくぱりぱりとなる。醤油《しょうゆ》をまあるくかけて、冷たい御飯で食べた。

おいしくて、おいしくて、そのころには朝の悲しさは、どこかへいってしまっている。

かき氷

夏休みに入ると、私と弟たちは遠縁の老婆につれられて、海辺の借家に出かけた。私が七つのときに母親が死んでからは、そうやって毎年の夏を過ごした。一度だけ夏休み中にわが家に帰ってきた記憶がある。あれは女学生になってからだ。登校日というのがあったからだ。

どの座敷にもだれもいなくて、蟬《せみ》がしゃんしゃん鳴きしきっている。夏の真っ盛りにもわが家があったのが不思議で、しんみりとした。見たこともない若造りの父——鮮やかなグリーンの海水パンツをもっこりと穿《は》いた父が、庭で水をまいていた。出征した兄のパンツを穿いているのだった。女中のEちゃんが、いつもより派手な着物である。Eちゃんて本当は美人だったのである。夕飯を父とさし向かいで黙々と食べた。

「あとで氷でものみに行くか」と父がいった。

暗い坂を下ると、下の町も暗かった。消防署がいやに明るかった。すいをとって盛り上がった氷を押しかためていると、二人男が入ってきて、すいをとった。つっぱらかったように股《また》を開いて腰かけた晒《さらし》腹巻の男たちは、盛り上がった部分、全体の三分の二以上もの氷を掌で横になぎ払い、うまく床にとばした。濡れた手を一振りし、アルミの匙《さじ》でちゃちゃっとつつき、口に放りこみ、拳《こぶし》でこめかみをたたきながら、ちゃっと口に放りこみ、少し残して出て行った。

私は口を半開きにして、ずーっと見惚《ほ》れていたような気がする。来たときと同じく、父のうしろを黙々とついて帰った。

苺

いまでもそうだろうか。三十年前には、日曜日午前十時になるとニコライ堂の鐘が鳴りわたった。都電通りの三階の屋根裏部屋でそれを聴いていた。二階には家主のEさん夫婦。朝鮮人のEさんは口数の少ない物腰の柔らかな人、中年のEさんより年上らしい奥さんは、のんびりした人だった。昼近く、鍋《なべ》を持って、そばの外食券食堂へ行き、一食十三円の炊きたての米飯を買ってくる。生卵など割って食べはじめると、二階から朝鮮料理の音とにおいが、暗い狭い急階段を伝わってきた。

「これ持ってな、下へ行って、きちんと座っていうんだぞ。『いまお二人が召し上がっておられるものを是非とも食べたいと主人が申しております。どうか頂きたい』早く早く」我慢出来なくなった夫は私にいう。口にほお張ったまま眼を大きくして奥さんはうなずくと、朝鮮づけや肉料理を差し出した小鉢《こばち》に盛ってくれた。Eさんはちょっと座り直したりして黙って食べ続けていた。

初夏の朝、山盛りの露地苺《いちご》に白砂糖をかけた大丼《どんぶり》を膝《ひざ》に置いた奥さんが、一階への階段の途中に、ぼんやりと腰かけていた。「これ、あたしの御飯」はれぼったい声で笑った。そのとき私は思った。決然と思ったので、いまでも覚えている。将来、苺を御飯として食べるような人にならなくちゃ――。

そのころ、Eさんが若い女のところへ行ってしまっていたのだ、と聞いたのは、ずっとあとになってからのことだった。

うな丼

　昭和二十六年の秋に娘を生んだ。その夏の暑さは、ことさらだったように覚えている。ふくれ上がった私のおなか。気味わるそうに怖そうに、なるたけその部分を見つめないようにして、黙々とそばにいる夫。原稿料が入ると「鰻《うなぎ》食いたいか」と夫はいった。闇《やみ》米屋、さつま揚げ屋、進駐軍物資屋、古着屋などが雑居する荻窪駅前マーケットの中に老人夫婦の鰻屋があった。その辺りのでこぼこした泥の暗い通路に蒲焼《かばやき》の煙とにおいが濃くたまっていた。低い衝立《ついたて》の向こうで、商売人風の男と中年女が食べている。煙草《たばこ》を吸いながら待っている夫がいった。「女に別れ話きりだすにゃ、鰻食べながらすると、うまくいくそうだ」ほんとかな、そんな新派芝居みたいなこと、わけ知り顔の夫の言葉をぼんやり私は聞いている。

　うな丼は、並一人前八十円、沢庵《たくあん》が二切れついていて、お茶がおいしい。蓋《ふた》をとるとマッチ箱大の蒲焼が二つのっている。耳のうしろをつたう汗を指で払いながら、ひらりと一口、蒲焼を喉《のど》に通し、たて続けに、たれのたっぷりしみた御飯をほお張る。酔ったようになる。くたびれた人が汗をふきながら一人入ってきて、もうろうと腰かけて「うな丼、並」といった。

土用丑《うし》の日には、やっぱり食べたくなる。出前でなく鰻屋へ行って食べたい。「女に別れ話きりだすときは、鰻食べながらすると、うまくいくんだって」男女の客を見やって私が娘にいう。

正宗白鳥先生

　ここの食堂の一口ヒレカツはおいしい、しかし今日は断然、三色弁当、そのあと緑色のクリームソーダだ。T劇場の幕間、食堂への降り口まで人気のないロビーを走り抜けてくる。あれ？　だれよりも早く出てきたはずの私の十メートルばかり先を、小柄な洋服姿の老人が忍者のごとく降りて行く。

　私より十メートル早く食堂へ到着した。本を包んであるらしい風呂敷《ふろしき》包みをわきに抱えこんで、老人は体格のいい女給仕二人を見上げている。「ダメなんですってば」甲高い女給仕の声とともに老人が押し出されてきた。写真で見たことのある正宗白鳥先生であった。いれちがいに入っていった私も、時間がくるまではダメ、と押し出された。すたすたとどこへ行ってしまわれるのか、正宗先生の後ろ姿を見ていると「バッカみたい。あの二人」背中に彼女たちの声がした。笑い声が階段を降りてきて、NさんやKさんやTさんや、にぎやかな顔と洋服がそろってやってくる。女給仕たちは、いらっしゃいませ、と今度はいう。どさくさに紛れて私も入って三色弁当を食べた。

以上——夫の代わりに芝居に出かけた私が、帰ってきて話す。ねころんで聞いていた夫は、壁に向いたまま黙っている。「……百合子は自分だけ食べたのか。……今度、もしそんなことがあったらな。正宗先生と一緒に出て行って、どこかでお食事を、というんだ。そうしてくれよ、な」何だか湿った声でいった。二十年ほども前のことだったろうか。

正宗白鳥先生（続）

『楢山節考』が上演されたときのこと。幕が下りたあと、深沢七郎さんが御馳走《ごちそう》して下さった。正宗白鳥先生御夫妻、深沢さんと弟さん、夫と私、ほかに文学者らしい人が二人だか一緒であった。食事の間、正宗先生は姿勢正しく正面を向いたまま、にこりともされなかった。

　文学者らしい人が先生に向かい、なんとかでございましょうねえ、と話しかける。そんなもんではない、その人の顔も見ずに先生はいわれる。もう一人の人が、それではこんなものでございますか、というと、そうでもない、といわれる。話題が変わる。ほっとした文学者らしい人が、あれなど面白うございますね、というと、あれはわからん、といわれた。そのたびに、反射的に、その人の顔を私は見てしまうのだった。黒い洋服の白鳥夫人は終始うつむいて視線を動かさず、華奢《きゃしゃ》な肩をすぼめて隣に腰かけておられた。そろそろと手をのばしてパンをとると、細かくちぎって口に運んでおられた。召し上がるというより、パンをいじくっておられた。泣きやまれたあとのようにも見えた。

深沢さんはヒドイなあ、やっぱり姥捨《おばすて》の話は老人にはいけなかったんだ、と思った。

食事が終わるころ、先生はふっと夫の方に顔を向け、何人のお子持ちか、ときかれた。娘が一人、夫が答えたら、先生はぱっと顔を崩され「それは御心配なことだな。ぼくはいない。いないより心配だ。は」と、しごく気味よさそうに笑われた。つられて、夫も私も「は」と、笑った。

拾い食い

蓼科《たでしな》にその夏は家を借りていた。ここに山荘のある梅崎春生さんも元気でおられた、十六年前の夏だ。八月の陽盛り、京都老舗《しにせ》の食べもの屋、という男が玄関にきた。背《せ》負包《おいづつみ》をとき箱のひき出しを一段一段うやうやしく抜いて口上を述べる。山にきたら山のものを食べてればいいんだ、そんな怖い眼付きを私にして、夫は部屋にひきこもる。

とれたてトマトや枝豆もおいしいが、手をかけて煮込んである京都のおかずも食べてみたくて私と娘は見ほれている。値をきくと、どれもがあっと驚く値であった。さきほど梅崎先生にもいろいろお買い上げ頂き、などと京訛《なまり》でいう色白女形風の男は汗もかいていない。うちではこれを三つ、と私はいった。京がんもの格好で骨董《こっとう》品みたいにてらてらした黒いものを、男は塗箸《ぬりばし》で一つずつ、厳かに皿《さら》へ移す。三つめのときとり落とし、土間のすみまで転がっていった。どうなるんだろう、あれは。

男は平静に新たな三つめを皿に移し終わると、転がったのをつまみ上げ、二十秒位見つめたあと、いきなり明け放しの玄関から遠くへ投げた。黒いものは、あ、あ、あ、と弧を描いて、門の外の草むらへ落ちて行く。男が帰るのを待って草むらへ駆けて行った。すぐ見つかった。すぐ噛《か》んでみた。うしろに娘がきて見上げていた。娘も一口かじって私に寄越した。おいしいねえ、空を仰いで食べ合った。肉のような、湯葉のような、麩《ふ》のような、しんみりと甘辛い——あれは何だったのだろう。夕飯で正式に食べたら、感動のその味は薄らいでいた。

映画館のアイスクリーム

西洋文芸大作ものが終わって明るくなると「この席、お願いします」と、隣の男が黒い傘《かさ》を預けて立って行った。戻ってくると紙袋から最中アイスクリームをとり出して、いらないというのに私の膝《ひざ》へ二個おしつけた。ついでに自分の手もおしつけた。噛《か》みつくようにあぶあぶ食べながら男は何かいっている。

「はあ？」「今度のが終わったら、お茶でも」といっているのだった。「ありがとう。でも隣の映画館に主人と子供が入っていて、一緒に帰りますから」疑ってる顔に「隣はお岩とネコ化けでしょ。こわいからあたしだけこっちに入ってるんです。アイスクリームお返しします」というと「折角だから」と気の弱そうな会社員風の男はいう。そういわれたって、このアイスクリームはとびきりまずいのだ。私は知っているのである。

でも余りすすめるので食べた。やっぱりまずい。頭がわるくなりそう。半分食べて靴《くつ》の間に落とす。男は見ている。「これ××屋のでしょう。好きでないの。うどん粉がまじってるの。見ててごらんなさい。全部溶けないでなめくじみたいに残るんだから。××屋のを置いてる映画館に入ったときは、ノシイカを買うことにしてるんです」

すでに自分の分二個食べ終わった男は、私の膝《ひざ》に残っているアイスクリームをとり上げて紙袋にしまい「化け物映画を見る旦那《だんな》か。程度低いね」と立ち上がった。見回して隣に女のいる空席を探すと、黒い傘を持ってそこへ行って腰かけた。

水

『野性の少年』という映画。密林の奥深く、狼《おおかみ》に育てられ、一緒に暮らしていた少年が、学者（牧師だったかもしれない）の家にひきとられ、衣服をまとうこと、叫び声ではない言葉の声を出すこと、手と器を使って飲食すること、などなどを教えこまれていく。コップに注がれていく水を、少年がさもうれし気に見つめている。少年が食べるものの中で何よりも好きなのは、水。やせた小さい手で、水を入れてもらったコップを抱えた少年は、窓辺に行って、遠くにひろがる森や山の方角を、ガラス越しにぼんやりながめながら、ほんの少しずつ、少しずつ、大切そうに水を噛《か》む。

『地球に落ちて来た男』という映画。よその星の男が、たった一人で地球におりてくる。ガソリンスタンドがぽつんとある、さびれた町におりてしまう。まず用意してきた宝石らしいものを売って、地球で通用する金に替える。それから一人で歩いて行く。大きくない川がある。川の水をすくって飲んだ。はじめて飲む地球の水。デビッド・

ボウイふんする、よその星の男の口から喉《のど》へかけての、ゆっくりした大写し。

そうなんだよねえ。何てったって、水なんだ。眼から鱗《うろこ》が落ちたようになって、家に帰ってきて、その光景をまねして水を飲んでみる。都心のアパートの蛇口《じゃぐち》から出る水は白く濁っている。うまくもまずくもない。それでもいまでも、映画を思い出せば、一種の体操でもしているように、まねして飲んでみる。

かまぼこ

地下鉄で向かいの男がひろげていた新聞に、朱《あか》く大きな字で、〝猛虎再び現わる〟とあった。神野寺の虎《とら》がもう一頭いたのだ、と思ったら、プロレスの記事であった。それが昨夜の夢のきっかけだ。――そこは操車場らしい。暗くて広い。しんとしている。沢山のレールが鈍く光り、交差し合い、黒い大きな建物の中に吸いこまれている。

当たり前のように虎が出てきた。神野寺の虎だ、もう一頭残っていたのだ、と私にはわかっている。手前の左の方に黒い丸い頭と肩のうしろ影、それが私。夢の底の方でこれは夢だということも朧気《おぼろげ》に感じている。レールをまたぐとき、虎が立ち止まる。私のうしろの高いところで人声がどよめく。虎は飽き飽きした風に、どこかへ行ってしまう。狼《おおかみ》に似た黒い犬が出てきた。年とっている。股《また》のつけ根が赤くむけている。レールをやっとまたぎ、よたよたと、まん中へ出て行く。うずくまりそうになるが、ぶるっと身ぶるいしてうずくまらず、じっと立っている。虎の御飯なんだな、お前は知ってるんだね、黒い丸い頭の私がそう思う。黒犬がいつのまにかいなくなった。その場所に白い犬が立っている。風が吹いてきて、メンソレータムを塗ったように、すーっといい気持ちに白犬はなった。私が白い犬となっているのだった。黒い丸い頭は消えている。

カマボコ、カマボコ、高いところから、はっきりした子供の声。あたしを食べるとカマボコの味がするのかな、犬の耳と頭を傾けて私は思っていた。

鮨屋

立ち止まっただけなのに電気仕掛けを踏んでいて自動ドアが開いてしまって「いらっしゃい」と三人位の声でいわれてしまう。テレビドラマに出てきそうな新築開店の鮨屋《すしや》。木の香がする。金色の猫《ねこ》が飾ってある。泡《あわ》のついたコップ、小皿《こざら》にかけた箸《はし》、いましがた客が二人帰ったらしい。どうということでもないのに、いやーな予感がした。それなのに腰かけてしまって「はじめにアナゴ」といってしまった。

何だか随分おいしい。妙においしい。親指ほどの御飯がまた、とめどなく食欲がわいてきそうな舌触りである。悦《よろこ》びの眼を娘と見合わせた瞬間、いやーな予感の中味がわかりかけてきた。この鮨、高いのではないか⁉ サンダルをつっかけて夢遊病者のごとく家を出てきたのだ、五千円入った財布しかない。でも、もう少し食べたい。赤い鮪《まぐろ》といかと玉子。とにかく五千円まで。「お勘定」もう？ という顔をして主人は「一万円」といった。いやーな予感の的中。家へ金を取りに走った娘が戻ってくるまで、金曜日の夕方というのに客は入ってこない。小僧が私の前に新聞を置いてくれたが、うちのと同じ新聞である。主人は俎《まないた》やそこいらをやたらふいている。

建ちかけのビルの鉄骨に区切られた赤紫色に煙る空。二人で十六個、一個六百円か。見栄坊と優柔不断の罰だ。ぐたぐたした歩き方をして帰る。そろそろ、自動ドアが開いてしまって入ってきてしまった客が、一人ぐらいはあるころだ。私たちのいた席あたりに漂うものに、いやーな予感がしてるころだ。

会食

Rおばさんが泥造りの小屋へ入って行くから私も入って行く。暗い。壁に極彩色のヒンズー教の神様の絵がはってある。寝台が一つあって大婆さんと中婆さんと赤ん坊を抱いた若い女が腰かけていた。Rおばさんは知り合いになった外国人の私を見せびらかしたくて、きたのらしい。親戚《しんせき》らしい。

女三人は耳打ちし合い若い女が出て行く。サリーの下にくるんで、いそいそ持ち帰った新聞包みをとりまいてしゃがむ。とり残しの肉がついてる大きな脛《すね》の骨二本。私に一本持たせ、一本を女たちはまわし食べする。ウ、とか、ム、とか、鼻息をもらしながら、こびりついた肉を舌でこそげ、かじり、ピチャピチャ骨をしゃぶりまわす。血すじの浮いた桃色の生肉が、ふしぎと生臭くない。こりこりして甘味がある。骨の厚ぼったい冷んやりした舌触り。くすくす笑いしてふざけ合う。盲目らしい大婆さんまでしゃんとなってふざけてる。ヒンディー語だからまるでわからない。わかったのは、ヒンズー教徒には御法度のものを、こっそり手に入れてきて内緒で食べ合ってる、うっとりとした雰囲気《ふんいき》だけ。——これは実は娘がしたインドのおいしい食物の話。あとでわかったことだけど、と娘がいう。大姑《しゅうと》と姑と嫁、未亡人が三人で暮らしてる家なんだって。若嫁さんの旦那《だんな》は死んだばかりなんだって。ひどく貧乏そうなのに、旦那のいる人たちより、何だか自然で屈託なさそうでね。食べちゃいけないもの食べるって、元気が出るのかもしれない。

編者あとがき

『絵葉書のように』は、六年前に出版した単行本未収録エッセイ集『あの頃』の中から五十四篇を選び、新たに文庫本にまとめたものです。

はじめての読者のために、以下、出版の経緯を記した『あの頃』あとがきを抜粋引用します。

多くの出版社の方々から、単行本未収録のエッセイ集を出版したいという御依頼を受けましたが、その都度、お断りしてきました。母は雑誌等に書いた随筆を本にする際は、必ず細かく手を入れておりました。そうしなければ本にまとめたくないと、日頃、私にも言っていたからです。

でも、時が経つにつれ、いつかは本になるのなら、まだ私の体や頭がしっかりしているうちに一冊にまとめておこう、母の文章を読んでみようという気持ちに変わってきました。

最初に声をかけてくださったのが、中央公論社の当時の社長、嶋中鵬二さんだったこともあり、『富士日記』以来、縁の深い同社で出版していただくこととなりました。元となる掲載誌収集と、その編集という大変な仕事を担当してくださった編集部、田辺美奈さんから、新たに見つかった随筆について、こんなメールをいただいたことがあります。「……しばらく誰とも話をしたくなくなるような、いいエッセイでした」。

この度もデザイン室の木島聡子さんが装幀をしてくださいました。表紙の写真は、去年のクリスマス頃、寒い夕暮れの湖畔で撮りました。「このスワンボートの白鳥、百合子さんと花ちゃんみたい」、私が泣いちゃうようなことを田辺さんはおっしゃいます。母が亡くなって三十年経ちました。

皆様に改めて感謝します。

武田　花

初出一覧

Ⅰ　思い出――武田泰淳と暮らした日々

「武田泰淳『身心快楽』あとがき」（武田泰淳『身心快楽』一九七七年三月、創樹社）
「椎名さんのこと」（『椎名麟三全集　第二十巻』月報、一九七七年四月、冬樹社）
「卒塔婆小町」（『婦人公論』一九七七年六月号、中央公論社）
「絵葉書のように」（『週刊朝日』一九七八年三月十七日号、朝日新聞社）
「サム　サンデー　モーニング」（『すばる』一九七八年六月号、集英社）
「開高さんと羊子さん」（『面白半分』一九七八年十一月臨時増刊号）
「よしゆき賛江」（『面白半分』一九七九年三月臨時増刊号）
「あの頃」（『埴谷雄高作品集9』栞、一九七九年五月）
「思い出」（『墓一つづつたまはれと言へ　遠藤麟一朗　遺稿と追憶』一九七九年六月、青土社）
「梅崎春生さんの思い出」（『新潮』一九七九年八月号、新潮社）

「晩春のお寺」（『小説新潮』一九八〇年七月号、新潮社）
「わが友　深沢七郎さん」（『日本読書新聞』一九八一年四月六日）
「わが友　島尾ミホさん」（『日本読書新聞』一九八一年四月十三日）
「青色の帙の本」（『図書』一九八一年十一月号、岩波書店）
「蔵前夏場所——色川武大さんの横顔」（『小説新潮』一九八二年五月号、新潮社）
「村松友視さんのこと——直木賞受賞に寄せて」（『文藝春秋』一九八二年九月号、文藝春秋）
「思い出すこと」（『世界』一九八三年二月号、岩波書店）
「お湯」（『ミセス』一九八三年五月号、文化出版局）
「夏の終り」（『バンガード』一九八四年十月号、バンガード社）
「冬の象」（『學鐙』一九八四年十一月号、丸善出版）
「灰皿と猫枕」（『陶藝の美』一九八六年第十二号「ルアン陶磁博物館とノルマンディの陶器」、京都書院）
「アメリカ人の手紙」（『中央公論』一九八七年二月号、中央公論社）
「日々雑記　十一月」（『チャイム銀座』一九八七年十一月号、和光）
「思い出——夫・武田泰淳と映画」（『シネマスクエアマガジン九六　ひかりごけ』、一九九二年四月、

シネマスクエアとうきゅう)
「櫻の記」(文庫『ＳＡＫＵＲＡから』一九九一年三月、イプサ文庫)

Ⅱ 歩く

「私の住んでいる町」(『群像』一九七八年二月号、講談社)
「ギョッとする会話」(『朝日ジャーナル』一九七九年三月九日号、朝日新聞社)
「眼医者へ通う道」(『小説新潮』一九七九年九月号、新潮社)
「ひろがる歓楽街　港区赤坂六丁目」(『東京新聞』一九八一年六月十六日夕刊)
「クリスマスケーキ」(『望星』一九八四年三月号、東海教育研究所)
「動物園の午後」(『潮』一九八五年二月号、潮出版社)
「西京元旦」(『ミセス』一九八六年一月号、文化出版局)
「四季　私の赤坂」(『ミセス』一九八六年六月号、文化出版局)
「東京の町」(『読売新聞』一九八七年七月十八日夕刊)
「佐渡大遊覧」(『旅』一九八九年一月号、ＪＴＢ日本交通公社出版事業局)
「成田で」(『Ｐｏｅｔｉｃａ』一九九二年十一・十二月号、小澤書店)

「切符自動販売機」（『かんぽ資金』一九八七年九月号、簡保資金研究会）
「還暦旅行」（『ちくま哲学の森5』月報「森の栞」6、一九九〇年四月、筑摩書房）

Ⅲ　食べる

「ばんめし」（『食食食（あさめしひるめしばんめし）』一九八〇年四月号、みき書房）
「豆餅」「マスカット」「買い食い」「朝御飯」「かき氷」「苺」「うな丼」「正宗白鳥先生」「正宗白鳥先生（続）」「拾い食い」「映画館のアイスクリーム」「水」「かまぼこ」「鮨屋」「会食」（以上『読売新聞』夕刊、一九七九年十月二十日～十一月七日連載）

『絵葉書のように』について

・本書は、『あの頃　単行本未収録エッセイ集』（二〇一七年、中央公論新社）よりテーマ別に五十四編を選んだものです。
・執筆当時の著者の用字用語を尊重し、また著者が故人であることから、あえて統一は行いませんでしたが、明らかな誤植は訂正して、映画等の作品名などは現行の表記にしたがいました。
・文中で、編者、編集部による注は〔　〕で記しました。
・今日の歴史・人権意識に照らして言い換えるべき語句や表現も見られますが、時代的背景と作品の価値とに鑑み、また著者他界のため、原文のまま収録しました。

（編者、編集部）

109頁写真『陶藝の美』（一九八六年第十二号、京都書院）より

中公文庫

絵《え》葉《は》書《がき》のように

2023年 3 月25日　初版発行
2024年 7 月30日　再版発行

著　者　武《たけ》田《だ》百合《ゆり》子《こ》
編　者　武《たけ》　田《だ》　花《はな》
発行者　安 部 順 一
発行所　中央公論新社
〒100-8152　東京都千代田区大手町 1-7-1
電話　販売 03-5299-1730　編集 03-5299-1890
URL https://www.chuko.co.jp/

ＤＴＰ　嵐下英治
印　刷　三晃印刷
製　本　小泉製本

Published by CHUOKORON-SHINSHA, INC.
Printed in Japan　ISBN978-4-12-207341-8 C1195

中公文庫既刊より

各書目の下段の数字はISBNコードです。978－4－12が省略してあります。

た-15-10
富士日記（上）新版
武田百合子
夫・武田泰淳と過ごした富士山麓での十三年間を克明に描いた日記文学の白眉。昭和三十九年七月から四十一年九月分を収録。〈巻末エッセイ〉大岡昇平
206737-0

た-15-11
富士日記（中）新版
武田百合子
愛犬の死、湖上花火、大岡昇平夫妻との交流。昭和四十一年十月から四十四年六月の日記を収録する。田村俊子賞受賞作。〈巻末エッセイ〉しまおまほ
206746-2

た-15-12
富士日記（下）新版
武田百合子
季節のうつろい、そして夫の病。山荘でともに過ごした最後の日々を綴る。昭和四十四年七月から五十一年九月までを収めた最終巻。〈巻末エッセイ〉武田 花
206754-7

た-15-5
日日雑記
武田百合子
天性の無垢な芸術者が、身辺の出来事や日日の想いを、時には繊細な感性で、時には大胆な発想で、心の赴くままに綴ったエッセイ集。〈解説〉巖谷國士
202796-1

た-15-9
新版 犬が星見た ロシア旅行
武田百合子
夫・武田泰淳とその友人、竹内好との旅を、天真爛漫な目で綴った旅行記。読売文学賞受賞作。竹内好の随筆「交友四十年」を収録した新版。〈解説〉阿部公彦
206651-9

た-80-1
犬の足あと 猫のひげ
武田 花
天気のいい日は撮影旅行に。出かけた先ででくわした奇妙な出来事、好きな風景、そして思い出すことどもを自在に綴る撮影日記。写真二十余点も収録。
205285-7

ち-8-6
富士日記を読む
中央公論新社 編
小川洋子、苅部直、平松洋子、村松友視各氏による書き下ろしエッセイと、各紙誌に掲載された書評を収録。写真多数、文庫新版に対応する人物索引を付す。
206789-9